·文学新观赏·青少年读写范典丛书·

战地情节

邢庆杰 | 著

花山文艺出版社

图书在版编目(CIP)数据

战地情节 / 邢庆杰著. —石家庄：花山文艺出版社，2013.6(2021.6 重印)

("读·品·悟"文学新观赏·青少年读写范典丛书)

ISBN 978-7-5511-1020-4

Ⅰ.①战… Ⅱ.①邢… Ⅲ.①小小说—小说集—中国—当代 Ⅳ.①I247.8

中国版本图书馆 CIP 数据核字(2013)第 112197 号

丛 书 名：文学新观赏·青少年读写范典丛书
主　　编：高长梅　王培静
书　　名：战地情节
作　　者：邢庆杰

策　　划：张采鑫
责任编辑：于怀新
责任校对：齐　欣
特约编辑：李文生
全案设计：北京九洲鼎图书有限公司
出版发行：花山文艺出版社(邮政编码:050061)
(河北省石家庄市友谊北大街 330 号)
销售热线：0311-88643221
传　　真：0311-88643234
印　　刷：永清县晔盛亚胶印有限公司
经　　销：新华书店
开　　本：710×1000　1/16
字　　数：150 千字
印　　张：10.5
版　　次：2013 年 7 月第 1 版
2021 年 6 月第 2 次印刷
书　　号：ISBN 978-7-5511-1020-4
定　　价：36.00 元

读，是为了更好地写

高长梅

阅读的目的是长见识，是提升自己的文化素养。这是“读”的基本意义。

很多时候，我们的阅读也无任何的目的，就是为了消遣，为了解闷，为了打发时光。其实，这是“读”的另一种境界。

但对学生乃至爱好写作的人而言，“读”还是为了“写”，即人们常说的“读写结合”。这，却是大有讲究的。

“读什么”，“怎么读”，“读”如何促进“写”，这个问题困扰人们少说也有两千多年了。外国不言，单说我国自《诗经》始，《四书五经》到《千家诗》《古文观止》《唐诗三百首》，哪一个的“读”不涉及后人的“写”？“熟读唐诗三百首，不会作诗也会吟”就说明了“读”和“写”的朴素关系。

“读”于“写”的第一点，当是语言的积累。对绝大多数人而言，“会说”也“能说”几乎是与生俱来的，但这些不一定就是我们写作的语言。即使你“会说”、“能说”，但不一定能准确表述你的想法，你的所见所闻；尤其是不一定能用丰富的、生动的、形象的语言或简洁的、凝练的、科学的语言来描述人或事物或观点。写作当如建房，没有各式各样的语料积累，其结果可想而知。巧妇难为无米之炊，再牛的能工巧匠没有基本的建筑材料他也盖不起房子来。但语言积累，不是简单的语言记忆，要内化为自己的，要在自己的胸中发酵，要让它带上自己的思想、情感。这样，在写作运用时，就不会是简单的模仿甚至抄袭。即使是原句引用，也会与你的文章融为一体，恰到好处。初学写作者，常常苦恼自己词汇少，不能准确表述自己的思想;或苦恼自己写得干巴巴的,没血没肉;或苦恼自己虽写得字通句顺,却不像别人写的那样摇曳多姿;等等。多积累语言,是根治这种“疾病”的唯一药方。因此,我们在“读”时,就要看别人是怎么用字、怎么用词、怎么用句……来描写、叙述、来情、议论的。

“读”于“写”的第二点,当是技巧的化用。“我手写我心”,看似简单轻松,看似随意,但正如建房,砖头、瓦块、木料等都摆在了你的面前,却不是任何人都建得了房的,你得有建房的技能。写作也是一样,你得掌握一定的技巧。人物怎么描写,事件怎么叙述,情感如何抒发,道理如何论证,等等,你得掌握其基本的方法,然后才能“心到手到”,写出一篇像样的文章。我们要像建房者,先做“小工”,看人家是如何砌墙、如何粉刷的;然后做“匠人”,亲自实践,在模仿中掌握其方法,逐渐为我所用;“匠人”做多了,熟练了,就成了“师傅”。“师傅”一级,技巧娴熟,房建得漂亮。而用心的“师傅”爱钻研,爱琢磨,结合他人的方法创造出更好的新方法,他就成了“建筑师”。写作同理。我们不少阅读者,语言的积累比较重视,但琢磨人家写作技巧的不多,所以文学爱好者不少,但成为作家的就少多了,原因大概与这有一定的关系。因此,我们在“读”时,就要看别人是如何选择材料、如何谋篇布局、如何安排结构、如何运用表达方式、如何布置情节……看他们如何安排重点、如何把人物写活、件、如何条分缕析丝丝入扣、如何巧妙起承转合……

“读”于“写”的第三点,当是思想的融合。有了语言的积累,也掌握了一定的技巧,文章也写得是这么一回事了。但你的文章仅仅止于此,那也不过如同一栋能住人的房子而已。一篇文章品质的高低,除了语言的准确、生动、丰富、优美、灵动……除了构思的奇巧、结构的多元、情节的波澜、布局的精妙、手法的多变……是否有思想就显得格外重要。我们常说,这篇文章语言优美,构思巧妙,但立意不高。我们还常说,这篇文章不仅语言优美,构思巧妙,而且立意高,有思想。一篇仅靠语言打扮的文章,就好比一个俗人涂脂抹粉；一篇仅靠卖弄技巧和语言的文章，就像一个没有灵魂的美人卖弄风骚而已。语言可以记忆，技巧可以模仿，但思想要靠领悟，要融入作品之中去反复地阅读，要从深层次去寻找作者的精神。有的人的文章写得很美，技巧也妙，但就是没有深度，没有思想，没有灵魂，没有底蕴，往往就事论事，往往只是当复印机，复制了场景，复制了人物，复制了事件，但都是没有活力，没有生气，没有精神的。在阅读中提升自己的思想，的确常被我们忽视。思想靠别人的潜移默化来，精神也靠别人的影响而来。我们常听说在阅读中提升了自己，净化了自己，受了一次洗礼似的教育，等等，大约就是指这些吧。所以，我们在“读”时要琢磨别人是如何通过人物的描写表现人物的思想、精神，琢磨别人如何通过将一般人眼中的小事、凡事写出其社会价值，琢磨别人如何从一滴露珠看出太阳的光芒……如何选择语言材料最准确、最鲜明地表达出思想内容而非干巴巴贴标签，如何通过景、人、物悟出其蕴含的道理而非故弄玄虚牵强附会……

“读”于“写”的第四点，当是情感的交融。文章当有情，无论你是否抒了情，情就不自觉地流出了你的笔端。阅读中，我们除汲取作者的语言养料、技巧养料、思想养料外，还要品味、感受作者的“情”。与作者同悲，与作者人物同喜，置于作者笔下的优美环境而赏心悦目，等等。这就是受作者之“情”的“滋润”。文章是否感人，除了语言、思想外，有无“真情”很重要。朱自清的《背影》靠的是“情”的打动，鲁迅的《记念刘和珍君》这篇“血写的文章”其实靠的也是“情”的喷发。一篇只有华丽的语言而无思想的文章犹如没有灵魂的躯壳；一篇即使有非凡高度思想而无情感的文章也不过是一具可能具有文物考古价值的木乃伊。但“情”在文中的宣泄如何把握，这也是我们在阅读中要学习的。这也是我们常犯的错误。写作中我们或无病呻吟虚假瘆人，或情溢滥觞叫人发腻。让“情”如何恰到好处，非向好文章学习不可。这样，我们在“读”时，就要仔细琢磨别人是如何选择写作语言表达出作者的喜怒哀乐之情，如何传递作者人物的喜悦、哀思、忧怨、恋情,或深、或浅、或缠绵、或热烈,或似小溪的舒缓、或似大海的波涛、或似斗室之花的温柔、或似山野之花的奔放……看作者如何褒贬对象,看作者如何措辞达意致情,看作者如何巧借人、事、景、物以寄寓情感……

“读”于“写”的第五点,当是风格的鉴赏。所谓风格,它是一个作家成熟的标志,是作者在文章(文学作品)中表现出来的艺术特色和创作个性。我们鉴赏其风格,主要是学习他如何创造和完善文章(作品)的风格,也就是看作者在处理题材、驾驭体裁、描写形象、表现手法、运用语言等方面各有什么特色,最终形成了怎样的风格。这些风格,最后成了一个作家个性化的标志。当然,这是“读”的高要求了。琢磨多了,实践多了,很多写作者也形成了类似的风格,便也融入了原作者的风格之中,也就形成了“派”。比如“荷花淀派”、“山药蛋派”、“读者体”、“知音体”,等等。当然,也不能简单模仿,也要适时变化,否则当年散文必“杨朔式”、小说必“欧·亨利式”的文学闹剧就会重演。

习作者若能此,写出好文章就有可能了。

弄明白了这些,还有一个重要的问题是选择什么样的读物。读名著,当然好。但很多名著由于作者所生活的时代不同,社会环境不同,或阅读者的阅历不够,文化积累不够,不一定读得懂,更不用说借鉴于自己的写作了。

基于此,我们推出了这套《文学新观赏·青少年读写范典丛书》。这些作品,不是名著,但是属于好作品;没写重大题材,但大都真实反映了社会生活的变迁,人们精神面貌的焕然一新;没有高深莫测的技巧,但或平实、或奇巧、或清新可人、或浓郁奔放,更适合青少年读者学习、借鉴。

目录

第一辑　抗战篇

第二辑　传奇篇

第三辑　武侠篇

第四辑　当代篇

第一辑
抗战篇

八路就在桥下边

“我的再数三个数，”平田一郎鹰隼般的黄眼珠扫视了一下麦场上的人群，“你们再不说出八路军伤员的下落，统统死啦死啦的！”

鬼子的六名机枪手并排着趴在地上，做好了射击的准备。

“一！”平田一郎铁青着脸伸出一个手指。

麦场上的空气凝固了。

“二！”平田一郎喊出这一声，焦躁地在人群前来回踱着步子。

人们的目光都紧盯着平田一郎焦躁不安的南瓜脸。

人们知道已在劫难逃了。鬼子为寻找八路军的这批伤员，已血洗了两个村庄。那两个村庄的人因不肯说出八路军伤员的下落，1000多人全部被鬼子用机枪射杀在麦场上。平田一郎停下脚步，冷酷地举起了东洋刀。

人们知道最后的时刻来到了，人们看到了死神的影子。

“俺说！”一条车轴汉子从人群中走出，四四方方的头，稚气未泯的一双眼睛，约二十四五岁的样子。竟是十里八乡有名的憨种——臭子。

臭子自打从娘胎里生下来就憨头憨脑的，办什么事都迷迷糊糊的。15岁那年，他的脑子里不知动了哪根弦，问他娘：“娘，俺是打哪里出来的？”他娘正忙着纺线，头也没抬，随口说：“后沟里挖来的。”这天吃午饭时他娘就找不到他了。到了晌午，才发现他正在村后的沟里挥汗如雨地挖土。他娘就问：“臭子，你干吗呢？”他上气不接下气地说：“俺也挖个娃娃，长大了管俺叫爹。”他娘当即就笑岔了气。不久，他的这一壮举便传遍了周围十里八乡，臭子的憨名便名扬一方了。

没想到，就这么个憨种儿，竟在关键时刻想出卖八路军的伤员。人们便七嘴八舌叫起来。

“臭子！千万别说！”

“臭子！你可别犯浑，这可不是闹着玩的！”

“……”

臭子像没听见一样，两眼直直地盯着平田一郎说：“你别杀俺庄的人，俺就领你去！”

平田一郎认真审视了一下眼前这个傻乎乎憨不拉几的中国后生，猛然将锋利的东洋刀压在他的脖子上：“你的，撒谎的干活！死啦死啦的！”

臭子脖子一挺，两颗眼珠瞪得像鸡蛋，吼道：“操你娘！俺没撒谎！”

“吆希。”平田一郎抽回了指挥刀。平田一郎从臭子的举动中看出这是个不会说谎的浑人。

臭子领一队鬼子走出大部庄时，村里的人们乘机逃散了。

大部庄紧傍徒骇河西岸，庄东头即是一个古旧的石桥。臭子甩开大步，器宇轩昂地踏上了石桥，鬼子们紧随其后。

此时，徒骇河中水流湍急，河两岸的二滩上长满了密密麻麻的灌木。从桥上望下去，一片绿色的带子随着徒骇河的蜿蜒铺向远方，如一条绿色的河流。快走到桥头时，臭子忽然停下来，站在桥边上往下探望。平田一郎凑过来问：“你的，看的什么？”

臭子指了指桥下说：“太君，八路就在桥下边。”

平田一郎狐疑地看了臭子一眼，也探身往桥下望，臭子忽然和身扑上，抱住平田一郎的后腰，向桥下跳去。

“扑通”一声，两人同时坠入水底，再也没有泛上来。

第二天，鬼子们才从离桥 20 多里的河下游找到两人的尸体。臭子至死都紧抱着平田一郎的腰，嘴里还衔着他的半只耳朵。

宝　刀

关子明靠打铁谋生。但他的名气不是因为打铁手艺，而是他有一把祖传的宝刀。

据说，这把刀已经传了十几代了，是当年关羽遇害后，一个崇拜关羽的吴国副将把青龙偃月刀的刀头作材料，经过数月的火炼水淬精制而成，可以迎风断草，削铁如泥。

拥有宝刀的关子明，据说也有一身的好刀术，但是，镇上的人们都没有见过他练刀，甚至连他的刀也没见过。那把刀，终日被关子明负在背上，外面有一个黑色的刀鞘。

鬼子在镇上修起了炮楼子。

鬼子小队长中村嗜武如命。他从一个汉奸嘴里知道了关子明，就找上门来。

盛夏的天气，关子明封了火，正在铁匠铺子里喝大叶子茶。

中村弯腰进了铁匠铺子，他带来的两个兵一左一右，把住了门。

中村问：你的，关云长的后人？

关子明斜了他一眼，点了下头。

中村说：我的，读过三国，非常佩服关云长，可是，我们隔着这么远的时空，没法交流。今天，能遇到他的后人，我的，三生有幸。

关子明这才站起来，双臂抱在胸前：你说，什么事吧！

中村笑了，他缓缓抽出了东洋刀：我的，想和你切磋一下刀法，你的，敢不敢？

两人在铁匠铺门前的空地上站定。

铁匠铺前很快就站满了围观的人。

中村双手擎刀，刀尖冲天，蓄势待发。

关子明一动不动。

中村叫道：拔刀吧！

关子明摇了摇头，从门前的柳树上折下一根小拇指般粗的柳条儿，用手一撸，碧绿的柳叶儿撒了一地。

中村怒道：你的，敢藐视我们大日本帝国的东洋刀法？

关子明一笑：你尽管来吧！

中村号叫一声，东洋刀闪电般向关子明头顶劈了下来！

关子明手腕微微一动，那枝柳条儿带起一股清脆的风声，后发先至，击在中村的双腕上，东洋刀劈至半路，便软软地落在地上。

中村诧异地看了关子明半晌，说：关的我想领教的，是你的刀法。

关子明说：如果我拿的是刀，你的手还在吗？

中村脸红了，但他仍然坚持说：我的，是想看一下你的宝刀！

关子明说：可以，等你赢了我。

中村叹了一口气，走了。

周围爆发出一片暴雨般的掌声。

此后，中村多次来挑战，均大败而归。

而且，关子明从未拔出过他的那把宝刀。

关子明名声大噪。

后来，八路军武工队的邢队长被组织上安排在镇上养伤。由于叛徒告密，泄露了风声，中村带着一小队鬼子兵在镇上挨家挨户搜查。当搜到关子明的铁匠铺时，关子明一尊铁塔般站在门口，一动不动。几个鬼子刚一靠前，他就将手伸向肩后，握住了刀柄。鬼子吓得连连后退。

中村冷笑道：关，你终于肯拔刀了！

关子明摇了摇头：你的，不配。

中村狂怒道：关，你的明白，今天不是和你私下比武，而是执行大日本皇军的军务，希望你能识相点。

关子明像一棵树，就长在了门口。

中村一挥手：开枪！

几个鬼子端起三八大盖，瞄准了关子明。

关子明探手入怀，然后一扬手，几只飞镖同时飞了出去，鬼子们还没来得及拉开枪栓，就倒在了地上。

中村向天开了一枪，一大队鬼子拥了过来。

中村笑道：关，我的，今天一定要见识见识你的宝刀。

他冲鬼子们说了一通日语，鬼子们都退下弹夹，挺着刺刀向关子明扑了过来！

关子明拳脚并用，在鬼子们的刺刀中穿插自如，鬼子只要挨近他，他或掌劈或拳打，都是一招命中要害，片刻之间，已经有十几个鬼子尸横当场。

鬼子越聚越多，明晃晃的刺刀逐渐将关子明逼到一个墙角，由于可供周旋的空间越来越小，他的大腿上和胸脯上都被刺了一刀。

中村在圈外狂笑道：关，你的，再不拔刀，就死啦死啦的。

关子明伸手握住了肩后的刀柄。

鬼子们忽然退潮般，纷纷向后退了十几步，个个面露恐慌。

借此机会，关子明从地上捡起一支枪，将枪刺卸了下来。

鬼子们见他没有真的拔出宝刀，复又扑了上来！

一场恶战，血肉横飞。

当最后一个鬼子兵倒下时，伤痕累累的关子明也倒了下去。

中村得意地走过来，用手枪指着他道：关，你的刀，要归我了。

一声枪响！

中村倒在了血泊中。

是藏在铁匠铺的武工队邢队长开的枪。

邢队长扶起奄奄一息的关子明，不解地问：都到了生死关头，你为什么还不拔刀？

关子明苍白的脸上掠过一丝笑容，他艰难地握住刀柄，将刀拔了出来……

竟然是锈迹斑斑的一把柳叶刀！关子明轻轻一抖腕子，刀片竟从刀柄处断了。

邢队长不解地看着他：这就是你祖传的宝刀？

关子明惨然一笑，这刀，在鞘里，是一把祖传的宝刀，能震慑敌胆；拔出来，就是一张生铁片子……所以，宝刀，只适合待在鞘里。

锄奸血耻记

四野寂静无声。日头不依不饶地在头顶上炙烤着，路边的野花野草，也都恹恹地低着脑袋。

林山用手从脸上刮了一把，刮下一把汗水，随手甩在了地上，溅起了一片微尘。他将头上的草帽往上推了推，放眼远望，目光所及之处，都是一片片齐腰的高粱静静地站着。

林山踩着这条熟悉的小路，孤独地行走着，只有一条短短的身影，寸步不离地陪伴着他。他已记不清在这条路上走了多少趟了。从十几岁起，他就为填饱肚子而天天进城卖鱼，终日往返在这条弯弯曲曲的乡路上。到20

岁上，他又去给城里的店铺打工，每隔一个月，他就回家一次，把挣到的有限的铜板交到爹娘手里。爹娘说过，给他攒着，娶媳妇用。是日本鬼子的到来，使林山的生活发生了很大的变化。鬼子在一天深夜血洗了他的村庄，烧了他家的房子，杀光了他的父母兄妹。那一天，他恰好住在城里，才侥幸躲过了这一劫。为了报仇，他到处寻找八路军游击队，寻了半年多，终于成为了一名八路军战士。经过多年的历练，已经成了一名出色的武工队员。近几年来，为探听情报、进城给伤员买药，林山更加频繁地出现在这条小路上。

这次的任务是武工队郝队长对他秘密下达的。县城的地下组织里出了一名叛徒，已经供出了整个县城的地下联络网。目前，叛徒的供词在两个人的手里掌握着。一个是侦缉队队长年大亮，另一个就是与我方单线联系的地下党员胡平。胡平在侦缉队任副队长，又说一口流利的日语，所以深得日军大队长龟田的信任。恰巧，这几天龟田一直在省城的总部开会，所以，这件事至今未向日本人汇报。为争取时间，胡平想尽了一切办法阻止年大亮采取行动，让他等龟田回来再说，年大亮因此已对胡平生疑，但碍于胡平在龟田面前的特殊地位，他也不敢随便得罪，这件事就一直搁着。林山的任务就是抢在龟田回城之前将年大亮和那名叛徒除掉，保存城内的地下力量。郝队长原打算给林山安排两个帮手，被林山回绝了。林山有一手出神的枪法和非凡的应变能力，已多次出色地完成敌后锄奸任务，在鲁北一带素有“孤胆英雄”之称。甚至在新中国成立后的许多年里，林山这个名字还经常出现在鲁北一带的传说中。那时林山的名字上已被崇敬和怀念镀上了一层神秘色彩，传说中的他已成了日行千里，无所不能的神。

而1943年盛夏的林山，还是个普通却不乏神奇的人。他走在这条没有风的小路上，承受着烈日无情的炙烤，额头上的汗珠不断地淌进眼窝里，杀得双眼生疼。他停下来，伸手从怀里掏出一块手帕，手帕洁白无比，四周绣了几丛绿油油的小草，正中，用红丝线绣了一轮火红的太阳。他痴痴地凝视片刻，把手帕小心地揣进怀里，撩起衣襟擦了擦脸上的汗，甩开大步继续朝前走去。

此时，林山的胸口有了一种奇妙的感觉，像一只温柔的小手在抚摸。他放眼远望，几个零星的村庄在日光下无精打采地趴着，大片大片的高粱波浪般连绵起伏。再有一个月，这大片的原野就成一片深不见人的青纱帐。林山默默地想着青纱帐的样子，想着自己穿越青纱帐时的那份熟稔和悠然。自然而然地，他想起了莲花，想起了那次危险的邂逅。

去年秋，林山进城取情报，傍晚出城时，在城门洞内与侦缉队长年大亮遭遇。两人是同乡，都知道对方干的营生。目光一碰，林山来了个先下手为强，甩手就是一枪。年大亮慌忙就地一滚，一只耳朵却被子弹咬了下去。林山闪电般又连击两枪，城门洞外的两个特务便应声栽倒。他随即发足狂奔，顺着大路往西跑，眨眼间就跑出半里多路。待年大亮惊魂稍定，带领一干特务追出城门，他已一头扎进青纱帐。

林山鱼一般在密密的高粱棵子之间穿梭着，无暇理会不时在头顶呼啸而过的子弹。跑了足有五六里路，他边跑边回头张望了一下。就在他的注意力全部转移到身后的时候，一下撞在了一个软绵绵的物件上，一个脆脆的声音“哎哟”了一下。他吃了一惊，定神一看，原来他撞倒了一个挎篮子的村姑。他赶紧将她拽起来，匆匆说了句“对不起了小妹妹，后面有坏人追我”，就想拔腿接着跑。村姑突然一把抓住他的衣襟说：“别跑了！”林山定神一看，原来他已经跑到地边了。背后的脚步声和拨动高粱棵子的“哗啦”声越来越近了。林山不假思索地找了个高粱棵密的地方伏下了身。

不消一刻，满脸血迹的年大亮和十几个特务气势汹汹地赶到。此刻，村姑正蹲在地上，专心地捡着被林山撞翻在地的花生。年大亮便恶狠狠地问：“看见一个穿黑衣裳的高个儿吗？”几个特务迫不及待地一同嚷：“是呀是呀，看见了吗？”

林山拿枪瞄准了年大亮的太阳穴。

那村姑气哼哼地说：“往西跑了，还撞了俺一下哩。”随后又弯下腰，专心捡地上的花生。

年大亮把枪一挥：“追！”特务们一窝蜂般向西窜去！

林山从藏身的地方跃出来，一把抓住村姑的手，拽着她往东疾奔。

一直跑了五六里路，林山才停下来。村姑已累得上气不接下气，篮子也跑丢了。天空已拉下漆黑的大幕，林山辨别了一下方向，问："你是哪个庄的？"村姑喘息未定，强稳住呼吸说："柳、柳家营的。"林山想起她与年大亮周旋的情景，心中油然升起一种敬佩，脱口道："你真是一个聪明的姑娘。"村姑不好意思地低下头，突然又抬起头来说："这也比八路里的林山差远了，人家能撒豆成兵，刀枪不入哩。"林山"嗤"地笑出声来："那怎么可能呢，我可没那个本事。""啥？你是林山？"村姑吓了一跳，不错眼珠地盯了林山片刻，疑惑地问："你真是林山？那你刚才咋不把那些二鬼子除了呢？"林山觉得这个问题不是一两句话能讲明白的，就岔开话题问："我能到你家落落脚吗？"村姑兴奋地一挺身说："那太好了，俺们村里人常提起你哩。"

两人一起上了大路，一溜正东直奔柳家营。村姑的爹娘都是穷苦的佃户，做梦也没想到林山这个富有传奇色彩的人物会踏进他们的茅屋，对他十分热情。当晚，林山就住在了柳家营。第二天一大早，村姑一直把林山送到离村二里多地的河坝上。临分手时，林山握紧村姑的手温和地问："能告诉我你的名字吗？"村姑羞红了脸，低下头默默无语。僵持了片刻，林山缓缓松开了手，转身大踏步向前走去。走出十几步远，就听见背后传来一个清脆的喊声："俺叫莲花。"他停下脚步，缓缓转过了身。莲花正站在晨风中冲他柔美而灿烂地微笑。

从那以后，林山逢进县城，必到莲花家里落落脚，与莲花越来越熟识了。他不但和莲花建立了深厚的感情，还把莲花发展成了武工队的地下联络员。有一次莲花问林山："山哥，共产党到底是啥？"林山沉思片刻，指指头顶的日头说："共产党就好比太阳，没有太阳，世界永远是黑暗的；没有共产党，社会永远是黑暗的。"莲花似懂非懂地点了点头。第二次见面的时候，莲花红着脸塞给林山一方绣着红太阳的白手帕。莲花把手帕塞给林山的一瞬间如同初升的朝霞般艳丽绝伦，这瞬间给林山的感觉时常在林山的面前重现。

县城里那根高高的黑烟囱已隐约可见了。往东一拐弯，二里以外就是柳家营。林山算了算，他与莲花已两个多月没有见面了，心口便“突突”地跳。但他知道此次任务的重要性，不敢感情用事，反而加快了脚步。又走了一里多路，他转念一想，这次执行的暗杀任务无异于虎口拔牙，自己九死一生，万一牺牲了，临死都没见上莲花一面，太遗憾了。他仰脸看了看日头，天还早，便忽地下了决心，到柳家营拐个弯，见莲花一面，说几句话就走。林山转身上了岔道，从庄稼地里的一条田埂上斜插着直奔柳家营。

离村子越来越近了，林山用双手拨着两边的高粱棵子，心跳陡地加快，满腹要见恋人的激动与喜悦。他万万没有想到，一时的儿女情长，竟使自己陷入了绝境。

进了村，他加快了脚步，几乎小跑着来到莲花家里。莲花正坐在窗前纳鞋底子，她一见林山，顿时又惊又喜：“山哥！你咋来了？”林山左右环视了一下，没有看到她的爹娘，这时莲花已经放下手里的活计，小鸟般投到林山的怀里。林山正想推开她，莲花笑道：“俺爹娘都去姥姥家了，家里就俺一个人。”林山紧紧地将莲花拥在了怀里，闻着她身上的馨香，竟油然生出一种生离死别的悲怆。他还没来得及说话，村外便响起零星的枪声。

“鬼子来了！鬼子进村了！”

两人同时吃了一惊，莲花一推林山：“你快走！”

林山已走不成了。鬼子和伪军已把住了这个小村子的路口，林山、莲花和全村的老百姓都被鬼子驱赶到村内的麦场上，周围架起了机枪。

为首的鬼子中队长叫柳生太郎，他的两个哥哥都死在了侵华战场上，所以，他非常仇恨中国人，经常屠杀无辜的平民。今天，他本意是来血洗村庄外加抢东西的，但一看村里的人不但没有露出害怕的表情，反而都对他们怒目而视，这使他临时改变了主意。他决定侮辱一下这些中国人，从精神上将他们彻底击垮，这比痛痛快快地杀了他们更解恨。他对身边的两个鬼子嘀咕了几句，那两个鬼子便端着刺刀来到人群里，专拣年轻力壮的青年往外拽，一气拽出了十多个人。林山因为个子高，在人丛中显眼，也被鬼子拽了出来。林山不知道鬼子葫芦里卖的什么药，就不动声色地任凭鬼子摆布。

鬼子们逼着林山和十几个青年在群众面前一字排开。柳生太郎对一个翻译模样的汉奸“叽里呱啦”地说了一通鬼子话。那个汉奸便对那十几个青年说：“大日本皇军到我们中国，是为了建立大东亚共荣圈，希望大家都对皇军效忠。现在，柳生太君要考验一下你们对皇军的忠心，凡是愿为皇军效忠的，跪下来，给柳生太君磕个头，就没事了。好了，下面我数三个数，数完后大家要一起跪下向皇军表示忠心。一——二——”那个汉奸刚数完三个数，包括林山在内的十几个青年都不约而同地冲他吐了一口痰：呸！

柳生太郎气得脸都变了形，他几步来到那个汉奸的面前，左右开弓赏了他十几个大耳刮子。然后，他“刷”地抽出了雪亮的指挥刀，阴着脸在林山等人的面前来回走了一趟。林山预感到事情有些不妙，他下意识地摸了摸腰间的驳壳枪。但随即，他的手又无力地垂下。他想起了自己肩负的重任，想起了临行前队长的再三叮嘱：“林山同志，你这次执行的任务关系着全城数十名地下党员的生死，你一定要谨慎！”林山当时一言未发，只是沉稳地点了点头。这是林山的习惯，他从来不说大话，但每次的任务都完成得很漂亮。想到这里，林山装出一副害怕的样子，站在那里一动不动。

柳生太郎用指挥刀指了指右边的第一个青年问：“你的，跪不跪？”那青年“呸”地将一口浓痰吐在了他的脸上，柳生太郎狂叫了一声，一刀劈了下去，青年倒在了血泊之中。

柳生太郎在靴子底上蹭了蹭指挥刀上的鲜血，然后又用刀指了指第二个青年问：“你的，跪不跪？”这个血气方刚的青年将头扭到了一边，同时轻蔑地“哼”了一声。柳生太郎又一刀劈了下去！

一袋烟的工夫，已有五个青年惨死在柳生太郎的刀下。

一朵墨黑墨黑的云遮住了太阳，整个天地灰黑了。

麦场内的人们都木然地站着，没有哭喊声，更没有求饶声。这使柳生太郎非常失望。他做梦也没有想到中国的老百姓会有这么硬的骨气，他甚至有些绝望了。但他不甘心失败，又瞪着一双血红的眼睛来到第六个青年的面前。

第七个就是林山。

林山知道事情要麻烦了，心里一阵紧张。他并不是恐惧死亡，死，对于几乎每天出生入死的林山来说，已毫无恐惧可言。可林山感觉到命运跟他开了一个极其残忍的玩笑，令他此刻求生不得，求死不能。他清楚地知道自己生命的份量，此刻，他的生命属于城内的数十名地下工作者，不属于自己，他没有权力放弃。

这时，第六个青年一声未吭地倒在了柳生太郎的刀下。

柳生太郎用滴着鲜血的指挥刀指了指林山，恶狠狠地问道："你的，跪不跪？"

林山沉默不语，大脑却在激烈地运转。前六名青年无疑都是好样的，他们在死亡面前没有屈膝，用鲜血捍卫了民族的气节和尊严。林山多么想步他们的后尘，给在场所有的中国人以信心和勇气啊！但是，林山知道，那样做的话，他的任务就无法完成了。等组织上知道自己出了事，再安排人去县城处决年大亮就来不及了，整个县城的地下党组织将毁于一旦，组织的损失将非常惨重。他明白，眼下唯一的出路就是学当年韩信忍受胯下之辱，保全自己的生命，才能使党组织避免不必要的损失。可他在心理上却无法接受这条出路。这是什么样的耻辱啊，比当年韩信的胯下之辱还要难以忍受，这是一个民族的耻辱啊。

也许是看到林山有点犹豫的缘故，柳生太郎的心中又升起了一线希望。他又追问了一句："你的，到底跪不跪？"

林山心如油煎，整张脸痛苦地抽搐着。

柳生太郎"刷"地举起了指挥刀！

就在指挥刀将要下落的一刹那间，林山歪歪斜斜地跪下了！他紧咬着嘴唇，一缕鲜血从口中缓缓地流出来，同时，他的心如刀割般疼痛。柳生太郎发出一阵野兽般的狂笑。鬼子们也怪声怪调地大笑起来。

人们都愤怒了，骂声迭起："怕死鬼！""败类！""畜生！"……

笑声和骂声尖刀般扎着林山的心。他痛苦地低下了头。虽然他背对着群众,但他感觉到:此刻,莲花是多么的失望,多么的痛恨他、鄙视他……

正在林山心如油煎的时候,“轰”的一声闷雷,豆大的雨点从天而降。

柳生太郎达到了目的,满足了兽欲,见天不好,也无心再折腾了,就对鬼子们说了声:“开路!”带着鬼子和伪军们匆匆回城了。

林山缓缓站起来,猛然转过身,见莲花正随着人群跌跌撞撞地向村里跑去。林山心如刀绞,撕心裂肺般大叫了一声:“莲花——”也许是雨声太大,莲花没有听见,也许莲花听见了,但她不愿再看他一眼了。总之莲花没有回头,一步一个趔趄地消失在风雨中。一瞬间,林山万念俱灰,真想掏出枪来结果了自己。但他一想到肩上的重担,心里一阵亮堂:等完成了任务,再找莲花解释也不晚。想到这里,林山甩开大步,冒雨向县城奔去。

雨越下越大。天黑后,林山摸进县城,顺利地与胡平接上了头。如果说林山的柳家营之行算是倒霉的话,那他的运气从进城之后开始向好的方面转。这天晚上,那名叛徒正在年大亮家喝酒。林山在胡平的配合下摸进去时,两人已喝得烂醉如泥。因为下着大雨,年大亮毫无防范,连门口的卫兵也睡着了。林山闯进屋中,没费什么事就把这两个昏昏欲睡的家伙结果了。接着,他根据胡平提供的线索,在年大亮的卧室里找到了叛徒供出的那份地下工作者名单。

在胡平的安排下,林山连夜出了城。临行前,胡平告诉林山,城内有三个联络点已被年大亮安排上了特务,我们的联络人员已经安全撤离了,让林山回去后务必将这一情况告诉负责联络的同志,这三个点以后都不能用了。林山一听,心中吃了一惊,这三个联络点都是莲花负责的。当下,他马不停蹄地赶到驻地,向郝队长汇报了完成任务的经过。当然,他隐去了柳家营的一节。郝队长激动地拍了拍他的肩膀说:“好!干得利索,我明天就给你开庆功会!”

第二天一大早,林山踩着泥泞的乡路,迫不及待地来到了柳家营。到了莲花的门前,他着实犹豫了一阵,硬着头皮拍响了大门。“咚咚”两声之后,院内响起了一阵脚步声，紧接着，门打开了，开门的正是莲花。林山还没来得及开口，门"砰"的一声又关了，里面传出莲花冷冰冰的声音："你来干什么？这里没人要你跪！"林山赶紧隔着门说："莲花，你听我跟你解释，如果我不那样，就只有死路一条，就……""你不用解释了，谁都知道你不跪会死的，可别人怎么不怕死？"莲花打断了他的话。林山见街上有人走过来，忙压低声音说："莲花，你打开门，我慢慢给你说。"莲花将门又打开一条缝，露出一张充满愤怒的脸说："你把中国人的脸都丢尽了，还有什么好说的！你快走吧！"说完，不容林山说话，就"砰"的一声重重地将门关上了。林山又大喊了一阵，莲花仍然没有开门。林山无奈地看了一眼莲花紧闭的大门，迈着沉重的脚步离开了柳家营。

回到驻地，林山在极度痛苦中昏昏沉沉地度过了三天。第四天清晨，林山刚起床，就被郝队长叫到房间。林山一进屋，郝队长紧皱着眉头说："我刚得到胡平同志派人从县城送来的情报，莲花同志在去县城的地下联络站取情报时，被鬼子抓住了。"林山大吃一惊，同时暗恨自己粗心大意，那天去柳家营应该首先告诉她地下联络站暴露的事，自己只顾向她解释那件事，这么重要的事竟忘了告诉她。郝队长知道林山和莲花的关系，见他不说话，脸色还这么难看，就安慰他说："你不要难过，我们要不惜一切代价营救莲花同志。不过，目前鬼子看守得很严，你吃过饭就动身去县城和胡平同志接头，随时掌握情况，一有营救的时机，就马上回来送信。我们再商议营救的方案。"林山哪里还有心思吃饭。他简单地收拾了一下，就匆匆向县城赶去。

林山在县城外的一家旅社里化了妆，装扮成一个卖西瓜的老乡，挑着两篓西瓜向城门走去，他想先混进城。刚到城门口，前面的人忽然骚动起来，人们纷纷向路两旁躲。林山也顺着人流躲到了一边。只见从城门内出来一匹洋马，马上坐着一个瘦高个儿、戴眼镜的鬼子，正是林山的冤家——柳生太郎。林山暗暗咬了咬牙，不由自主地摸了摸腰里的手雷。柳生太郎的后面，是十几个荷枪实弹的鬼子兵，还押着一个人。林山仔细一看，心一下提到了嗓子眼，那个被反绑着双手的人正是莲花。恰巧，莲花也发现了他，两个人的目光一碰，林山冲她点了点头，鼓励她不要害怕。但莲花轻蔑地瞟了他一眼，就将头扭向了别处。林山知道她还没有理解、原谅自己，心里十分难过，但他不露声色，挑着两篓西瓜悄悄地跟在了鬼子的后面。

鬼子们押着莲花向一片乱坟岗子走去。那片乱坟岗子，是鬼子杀人的刑场。难道鬼子要杀害莲花？莲花生性刚烈，鬼子从她身上得不到什么有用的情报，狗急跳墙也在情理之中。想到这里，他扔下了西瓜担，抄近道向乱坟岗子奔去！

林山知道，他如果再去城内和胡平接头，时间已经来不及了。要救莲花，现在他只能是铤而走险，见机行事了。

柳生太郎带领着一个小队的鬼子快接近乱坟岗子时，一拐弯，猛然发现前面有一个人站在了路中间。他怒骂一声“八嘎”！抽出了指挥刀。

那人不但不害怕，反而笑着走上来，点头哈腰地说：“太君，你不认识我了？”

柳生太郎仔细一看，认出了林山，林山给他的印象太深了。于是，他将刀放回刀鞘，露出了一丝笑容，说：“你的，在这里，什么的干活？”

林山又凑上一步说：“太君，我有重要的情报向你报告。”

柳生太郎一听，顿时来了精神，他在马上往下探了探身子问：“什么情报？说出来皇军大大的有赏。”

林山将嘴凑到柳生太郎的耳朵边上，做出要说话的样子。柳生太郎又往下探了探身。林山把准了时机，猛然往上一窜身，左胳膊准确、有力地箍住了柳生太郎的细长脖子，就势将他扯下马背！他用左臂紧紧地勒住柳生太郎的脖子，将他挡在自己的身前，右手及时从腰里抽出了手雷，露出了拉弦，大喊一声：“都不许动！谁敢动就一块儿死！”

鬼子们这才明白过来，纷纷举枪对准了林山。但因为柳生太郎的身子挡着林山，他们谁也不敢开枪。林山将手雷在柳生太郎的眼前晃了晃说：“想活命的，叫你的人赶快把人放了，要不我马上送你见天皇！”

柳生太郎吓得脸都黄了，他嘶哑着嗓子喊：“放人！快快地放人！”

一个鬼子赶紧解开了莲花身上的绳索，将她往前一推。莲花几步就跨到林山的身旁。林山一边密切注视着鬼子，一边冷静地对莲花说："你快走！我有办法对付他们！"

莲花很干脆地说："不行！要死一块儿死！要活一块活！"

林山说："你再不走我们一个也活不成。"

莲花冷笑道："我不怕死！"

林山怕时间长了出意外，左胳膊又加了把劲，对柳生太郎说："快让你的人把枪统统放下，不然我就把你炸成肉酱！"柳生太郎焦急地对鬼子们"哇啦"了几句，鬼子们纷纷扔下大枪。林山知道这样僵下去很危险，便用持手雷的右手闪电般地从怀里掏出一块手帕说："莲花，这里面有一份重要的情报，你必须把它安全地带走，如果我死了，你就把它交给郝队长。"莲花只得接过来，但仍然迟疑着不肯走。林山急了，大声说："莲花同志，你必须赶快走，这份情报关系到数十名同志的生死，我一个人的命算什么！"莲花只得转身向县城相反的方向奔去！

这时，林山由于紧张用力，已经出了一身大汗，但他丝毫不敢放松警惕。林山估计莲花已经走出五六里路了，即使鬼子们追也追不上了。他便思索脱身的主意。他又将左胳膊加了把劲说："快让你的人都坐下！"柳生太郎又发话让鬼子们就地坐下。林山见鬼子们坐得太散乱，就连比划带威胁地让他们围坐在一起。林山见火候差不多了，就深吸了一口气，左臂一用力，只听"咔嚓"一阵脆响，柳生太郎连叫也没能叫出声来，就被林山勒断了气管，一瞬间翻了白眼。鬼子们见大事不妙，正想爬起来，林山闪电般地将手雷的弦拉开，准确地投进了鬼子中间！"轰"的一声巨响过后，鬼子们横七竖八地躺在血泊中。

莲花在很远的地方听到了那声巨响。她整个身子为之一震，然后晃了晃，就瘫倒在了地上。良久，她猛然想起林山交给她的那份重要情报，就从怀里掏出那块手帕，展开一看，她呆住了，随即泪如雨下。手帕里面什么也没有，正中绣着一轮鲜红的太阳。这是她送给林山的定情手帕。在太阳的周围，布满了用鲜血写成的字：莲花，我自参加革命以来，天天面对死亡，随时准备着为自己的信仰而牺牲，可是，自从加入组织的那一刻起，我的生命已经不属于自己，我没有权力作毫无价值的牺牲……

"山哥……"莲花用心呼喊着这个名字，朝着乱坟岗子的方向缓缓地跪了下来，"山哥，我错怪你了，我错了，你听见了吗？"她将一张泪脸深深地埋了下去。刹那间，和林山相识以来的一幕幕情景历历在目，她的一颗心要碎了！她悔恨地想：山哥是英雄，他怎么可能是贪生怕死的人呢？山哥就这样牺牲了，他不知道我已经谅解他了……她正痴痴呆呆地想着，一个人影无声地靠近了她。她吃惊地抬起了头，见林山背着五六支"三八"大盖，身上缠满了子弹带，神情疲惫地站在她的面前。

"山哥……"莲花再也控制不住自己了，她一跃而起，投入到林山那宽阔的怀抱中。

天黑了。夜风温柔地拂过大地，高粱棵子随风轻摇，发出"沙沙"的声音，空气中飘溢着高粱和大豆的清香。

古镇爱情

闫凤娇第一次看到李长庚时，是 1944 年的 7 月。

那是一个清晨，凤娇像往常一样，早早地起床，洗漱完毕，就打开厚重的檀木大门，然后开始卸门板、窗板。

凤娇家的米店，叫"闫记米行"，是从凤娇爷爷那一辈传下来的，在东沙古镇小有名气。店不大，临街只有两间门脸。房子坐北朝南，是明末清初的时候建的，有几百年的历史了。后面是一个小院，有三间北屋，一间是凤娇的爹娘住着，一间是凤娇的闺房，闲下的一间，是客房，平日里也放些杂物。院子的一角，是厨房兼餐厅，因靠山，又恰临近一条常年不断的溪水，凤娇的爷爷在世时，就用一根长长的竹竿，将溪水引到厨房里，平日里烧水做饭，洗洗涮涮，早晚还能洗澡，方便得很。

凤娇自幼勤快，养成了早起的习惯。每天早晨开门、卸门窗板、挂幌子、清扫门店、擦拭柜台这些活儿，全是她做。

这天清晨，凤娇刚刚打开门，就见门口站着一个青年，穿一身青色长衫，留短发，一双黑亮的眼睛和凤娇的目光碰了个正着。那青年笑了，露出一副整齐洁白的牙齿，整张脸也显得明朗生动起来。凤娇平日里并不是个腼腆姑娘，却没来由的脸红了。

青年问：打扰一下，请问这里住有一个李长庚先生吗？

凤娇愣了一下，坚决地摇了摇头。她从小在这米店里长大，店里还从来没有住过外人。

青年有些失望，他后退了两步，抬头看了看门头上面的招牌，放大了声音，又重新问了一遍：打扰一下，请问这里住有一个李长庚先生吗？

凤娇觉得这人有些不可理喻，正想叱责，背后传来爹的声音：您是他亲戚还是他朋友？

青年眼睛重新亮了一下，接口道：不是亲戚也不是朋友，是多年不曾联系的老乡。

凤娇听到爹的声音有些颤抖，爹说：进来说话吧。

那青年进门后，爹的双手就紧紧地握住了他的双手，然后，拽着他直奔后院。

看得凤娇一头雾水。

那青年以伙计的身份在客房里住了下来。

有趣的是，后来，凤娇知道这个青年就叫“李长庚”，李长庚来找“李长庚”,这是什么事儿呢？这事儿真好玩。很多年很多年之后,凤娇才明白了这是“什么事儿”,而且明白了这事儿非常的不好玩。

凤娇不明白,店里的生意本来就不太忙,为什么还要雇伙计。她私下里问过爹,爹郑重地告诉她,这不是她一个女孩该知道的事儿,出去也不要乱说。

凤娇更不明白的是,李长庚除了每天早晨帮助她打扫一下店内外的卫生,对米店里的生意基本不插手。他每天都要背上一个褡子外出,不是说去谈生意,就是去讨账,有时很晚才回来。回来后,就躲在客房里,门关得紧紧的,不知在做什么。问爹,爹不让管,问娘,娘也不让她打听,只让她做好自个该做的事儿就行了。

闲暇时,李长庚也在店里走动一下,问一问各类米面的价格,有时也逗凤娇说笑。凤娇觉得这个人和平日里接触的人不一样,有些让人吃不透,却特别愿意信任他。以后店里有了什么重活儿,只要李长庚在,凤娇再也不喊爹娘来帮忙了。和李长庚在一起,凤娇总有一种说不清道不明的欣喜。

这一日上午,天晴得没有一丝儿云彩。米店里来了一个邮差,送来一封信。信上写的是:李长庚君亲启。

凤娇端详信封上的字,字迹娟秀隽雅,明显是出自一个女人之手。凤娇瞅着这字,就像瞅见了一个仪态万方的女子站在面前,一时竟有些发呆。她想也没想,就要动手拆这封信,旁边的爹眼疾手快,一把夺了过去,叱道:别人的信！如何拆得？

委屈像水一样漫了上来,爹还从来没有这么叱责过她。为了这个李长庚的信,爹竟然这样对她。她擦了擦涌出来的泪,一拧身子,跑回了后院,跑到自己的房间里哭起来。

这天晚饭前,李长庚回来了。他接过凤娇爹递过去的那封信,略显疲惫的眼睛顿时活泛了,他立即跑到客房,反锁了门,半天没有出来。

直到晚饭上了桌,李长庚还没有出来。娘让凤娇去叫,凤娇“哼”了一声道,爱吃不吃,饿死倒省了粮食！

嘴里说着狠话，脚却不由自主地走到了客房门前，她用力敲了敲门喊，大少爷！吃饭了！

门开了，李长庚一脸惊愕地出现在门口，问：凤娇，我如何成了大少爷！

凤娇不理他，转身回到厨房。

李长庚讪讪地跟了过来。四个人坐下来吃饭。凤娇看得出来，李长庚非常高兴，但他一直压抑着，只匆匆吃了几口，就放下筷子说“饱了”，仿佛刚才那信，已经让他当饭吃了一顿。

这之后，每隔几天，就有信来。李长庚每次收到信，都会躲到屋子里看半天，然后，他把写好的回信封好，托凤娇爹让邮差捎走。

凤娇不知自己是怎么了，每次看到有李长庚的信来，便会感到一阵莫名的烦躁，脾气也格外地糟，一整天都不愿理人。

这天早晨，李长庚像有急事，吃过早饭，就匆匆出去了，门也忘了关。

凤娇便存下了一个心思。

快晌午时，是店里最忙的时候，爹娘都在前面忙得脚不沾地。凤娇便悄悄回到后院，蹑手蹑脚地进了客房。客房内只有一张床，床头上有一张书桌。凤娇一进门，就看到了书桌上整整齐齐地码着一摞信。她的心忽然跳了起来，她忽然感觉到好害怕，又不知道自己怕什么。她的手打着战，拿过来最上面的一封信，又哆哆嗦嗦地打开，一行行娟秀的字便呈现在面前：

长庚君见字如面：

我们分手已经2个月零12天了，这些天，我无时不在想念你。南方的空气潮湿，你腿上的伤又发作了吗？胃晚上还疼吗？我乞求你，为了我，为了我们，好好照顾你自己。

这一次写信，有一个好消息要告诉你：“老家”已经批准了我们的结婚请求，等你回来，我们就可以举办婚礼了……

凤娇……凤娇……死哪去了……

前面店里传来娘焦急的召唤。凤娇一边应着声儿，一边赶紧将信原样放好，小跑着跑回店里。

从这一天开始，凤娇做事经常走神儿，卖东西时常常忘了收钱，再不就是收了钱忘了找零。做饭也是丢三落四，有时灶下烧了半天火，锅里冒了半天热气，吃饭时打开锅盖，锅里却没有下米。气得娘骂她，魂儿被野鬼勾走了……

凤娇见了李长庚，再也不似往日那样随和，常常冷了脸，有意地躲着他。弄得李长庚见了她就加着小心，仿佛欠了她200吊钱。

大约半年后的一天上午，李长庚刚刚出门，邮差送来他的一封信，凤娇接过来一看，信封上的字迹有些潦草，像一个不修边幅的男人，和以前的字大相径庭。凤娇也没多想，把信从客房的门缝里塞了进去。

这一天，李长庚回来后直接进了客房，进去后就没有再出来。吃晚饭时，凤娇的爹娘也没有让她去叫，都一副心事重重的样子。

害得凤娇纳闷了一个晚上，却不好问什么。

第二天一早，李长庚很晚才出了客房，眼睛又红又肿。凤娇知道，肯定是出了什么事情，但她猜不到，也不敢问。

从这一天起，再也不见有信来，李长庚也变得沉默寡言了。以前，他总将自己收拾得体体面面，换下的衣服当天就洗得干干净净。眼下，他像变了个人儿，连续几天都不刮脸，胡子都快一揸长了，换下的脏衣服也堆在床头不管了。

后来，凤娇的娘悄悄告诉她，李先生的未婚妻被日本鬼子杀害了。

凤娇的心被扎了一下，那娟秀隽雅的字体在眼前恍然一现，就永久地消失了，她感到了一种彻骨的痛，从心底漫延到全身。

凤娇开始细心照顾李长庚的生活，帮他洗衣服，整理房间，早晨还把热水端到他房间里，催促他刮脸。

李长庚默默地顺从着她，既不反对，也无所表示。倒是凤娇娘告诫她，一个姑娘家，做事要有分寸。凤娇像没听见，依然是我行我素。

秋风凉了的时候，李长庚要走了。凤娇听爹讲，他已经办完了这里的事情，要换一个地方了。

李长庚走的那天，凤娇坚持送他，爹娘也劝不住。

凤娇和李长庚并排走在东沙古镇的街上，俊男靓女，引得无数路人侧目。凤娇不管，一直将他送到渔港上，才依依惜别。

临上船时，凤娇对李长庚说：李先生，你不管走多么远，要记得给我写信……我、我会一直等着你回来……

说完这些话，凤娇像完成了一件重大的事情一般，毅然转身向家的方向跑去，任泪水汪洋恣肆地洒在青石路上。

东沙古镇的人都知道，“闫记米行”老板的女儿，有了一个英俊儒雅的意中人。古镇民风淳朴，几个原本中意于闫家小姐的男子，也都知趣地死了那份心。

李长庚走后，凤娇每天都盼着他的信。可是，那信差就如和她结了仇般，再也没有上门。

凤娇日渐消瘦，每日里仍端坐在米店的门口，向街上张望。隔几日，她还要步行去码头上，在海边站半天才回。

一年过去了，三年过去了，五年过去了。李长庚没有半点儿消息。

凤娇仍“待”字闺中，任爹娘如何苦劝威逼，死活不肯嫁人。

爹见女儿已经无可救药，只得把实情告诉她：李长庚离开东沙古镇的第二天就牺牲了。因为汉奸的出卖，他在接头地点刚一出现，就被十几个日本特务团团包围了。见突围无望，他迅速拉响了腰间的手雷……

这天晚上，凤娇在后院为李长庚烧了一大堆纸钱，她看着漫天飞舞的纸灰说：李先生，我这辈子等不上你了，那我就等你下辈子……

闫凤娇终生未嫁。

汉 奸

快晌午的时候，吕汉正在院子里晒太阳，两个鬼子押着一个五花大绑的中年汉子从前院走过来。吕汉定睛一看，这个人竟是他的亲密战友、该城地下工作组组长林海生。一刹时，吕汉百感交集，竟忘了这是在鬼子的宪兵司令部里，他几步跨到林海生面前，激动地叫了一声："海生！"

没想到，林海生用眼角冷冷地扫了扫他，然后"呸"地啐了他一口，狠狠地骂了一声："汉奸！"

一声"汉奸"，犹如一记闷棍打在吕汉的心坎上，他几乎瘫倒在地上。

吕汉是两个多月前在执行任务时被鬼子逮捕的。起初，鬼子想通过严刑拷打撬开他的嘴巴，几度将他折磨得死去活来。但吕汉始终以沉默来回答鬼子的拷问，几乎连一声呻吟都没有过。

后来，已奄奄一息的吕汉被两个鬼子拖到一间四壁雪白的病房里。吕汉微微睁开眼睛，见一个鬼子军医正拿着药棉给他的伤口消炎，吕汉便在心里冷笑了一声。

吕汉被鬼子好吃好喝地养了10多天后，已能下床活动了。一天，负责审讯吕汉的鬼子小队长柳生太郎迈着四方步来到吕汉的病房，龇了龇参差不齐的黄牙板笑着说："吕，你的自由了！"

吕汉冷冷地道："自由？有条件吗？"

"不不！你的误会的不要，条件大大的没有！"柳生太郎连连摆手。这一下倒真把吕汉搞糊涂了。他不明白鬼子又要搞什么花招，就下定了决心，决不上鬼子的当，宁死也不当汉奸。

吕汉真的“自由”了。他不但能在司令部大院内自由走动，而且还可以上街闲逛，只是他的身边多了四名荷枪实弹的“保镖”，他们狗一般紧随着吕汉，寸步不离。甚至吕汉要去厕所，他们也选一个人跟进去。吕汉是在这个城里长大的，熟人很多。在街上走动时，他几次想找个熟人聊上几句，打算通过暗示的方法打探到一点外面的消息。不料，人们一看到他，都如躲瘟神般避得远远的，眼神中还充满着对他的敌意和鄙夷。吕汉不明白这是怎么回事，但他强烈地感受到一种深深的、被遗弃的痛苦。后来，他终于明白了鬼子的险恶用心。那一天，他乘柳生太郎上厕所的工夫，进入到他的办公室，打算搞到点鬼子的情报。但他在一张报纸上却意外地发现了他和柳生太郎在一起的照片，不知鬼子什么时候偷拍的。照片的下面还有一行文字：中共党员吕汉先生已投诚大日本皇军，图为吕汉先生正与皇军共商军情……从那以后，吕汉便时时刻刻地寻找着出逃的机会，他要向组织阐明事实真相，洗清自己身上的污垢。但由于鬼子盯得太紧，他一直没能如愿……

吕汉正望着林海生的背影发呆，背后响起柳生太郎阴恻恻的笑声：“吕，难过的不要，你的组织不信任你了，我们大日本皇军大大的欢迎你……”

吕汉“忽”地转过身，恶狠狠地骂道：“别枉费心机了，狗日的！”

显然，柳生太郎不明白“狗日的”是什么意思，所以并没有生气，他用手指着刑讯室的方向作了个“请”的姿势，对吕汉说：“吕先生，我们的，那边的看看。”

吕汉怀着一种很复杂的心理和柳生太郎一起来到刑讯室。室内幽暗而肮脏，空气中弥漫着一股令人作呕的血腥之气。室中央，有一座半人多高的锅台，锅内的油已烧得上下翻滚，锅边的油“滋滋”地发出刺耳的响声，冒着一缕缕黑烟。林海生被绑在离锅台两步多远的一根粗大的木桩上，脸上没有任何表情。吕汉感觉到自己的心被一只看不见的手揪得紧紧的。

这时，两个鬼子从外面拖进一个蓬头垢面的青年后生。那后生一面拼命挣扎，一面嘶哑着嗓子大喊："我不是共产党！我不是八路军……"

柳生太郎嚎叫了一声："扔进去！"

两个鬼子将后生的衣服撕扯下来，然后将他赤裸着身子拖上锅台，扔进了沸腾的油锅里。

"啊——"后生凄厉地惨叫了一声，就被翻滚的油吞没了。

吕汉痛苦地闭上了双眼。

不消片刻，后生的尸体浮上了油面。一个鬼子站在锅台上，用铁叉将尸体叉起，然后"叭"的一声扔在了林海生的脚下。

那尸体已被炸得蜷曲成很小的一团，散发着一种焦煳的臭味。林海生下意识地往后缩了缩身子。

柳生太郎慢腾腾地走到林海生面前，奸笑道："你的，能不能说出城内所有的共产党？皇军可大大的不耐烦了。"

没容林海生说话，两个鬼子已解开捆在柱子上的绳子，拖起他架到了锅台上。

吕汉心一横，决心与鬼子以死相拼，和自己的战友死在一起，以表明自己对党组织的一片赤诚之心。他刚想扑向柳生太郎，一个声音却突然灌入了他的耳鼓。

"我说——我全说——"林海生充满恐惧地嘶叫着。

柳生太郎得意地看了吕汉一眼，仰天"哈哈哈"一阵狂笑。

鬼子们都发出一片野兽般的狂嚎。

当吕汉以快捷无伦的速度从柳生太郎腰间的枪套里拔出手枪时，刑讯室内所有的鬼子还都陶醉在他们暂时的胜利中。

"乒！"一声沉闷的枪响过后，林海生的前额绽开了一个拳头大小的血洞，身子缓缓地瘫在了地上。

吕汉风一般跃出了刑讯室。

"抓住他——"柳生太郎歇斯底里般狂嚎道。

吕汉飞快地冲出后院，穿过前院，来到门口。门口站岗的两个鬼子还没明白过来，就被吕汉一枪一个撂倒了。

门外是一条贯穿县城的大街，吕汉看到街上的行人都停下脚步，向司令部门口注目。吕汉便站立在门口，使出全身所有的力气，发泄般大喊道："我——不——是——叛——徒——"

"乒乒……"一阵乱枪响过，吕汉倒在了血泊里。但吕汉的喊声没有倒下，它依然在县城的上空回荡，经久不息，经久不息……

家　　仇

一

一个少女在飘带般的山路上快乐地奔跑着。正值中午，温和的阳光将山谷填得满满的。少女像一只飞出牢笼的小鸟，肆意地蹦跳着、欢叫着。满山的鲜花映得她的脸蛋红彤彤的。少女明媚的目光在远山、近水上跳跃着，抚摸着，她没有注意脚下，一条周身布满红色花纹的大蟒蛇已经游到她的身边。她竟然丝毫没有察觉，欢快的脚步恰好踩在了蟒蛇的尾巴上，那蛇便嘶叫着立起身子。立起身子的大蛇竟然比少女的个子还要稍高，它吐着鲜红的三叉信子冲着少女扑了过来！少女尖叫着转身就跑，蛇在后面紧追不舍。由于慌乱，刚跑出数丈，她脚下一绊，就摔在了地上。眼看蛇就要扑到少女的身上了，一条扁担伸了过来，将蛇头摁在了地上，然后，一只黝黑但并不粗壮的手抓住蛇身,往尾巴处一捋,蛇的身子便软成了一根烂草绳。少女战战兢兢地爬起来,心有余悸地看着地上的蛇,微微鼓起的胸脯剧烈地起伏着,泪花在乌黑的眸子里直打转转。拿扁担的是一个十三四岁的少年,穿着打了补丁的粗布衣衫,身旁是一捆打好的干柴。少年问:小姐,你怎么一个人跑到山里来了,丁老爷知道了,你又要挨骂了。少女问:你认得我?少年说:认得,你是丁府的小姐,叫丁雪娇,对不对呀?少女兴奋地说:对的对的,你是谁呀?少年说:我是你家的佃户,叫仇海,打柴路过这里。

二

仇海的爹娘一直是丁镇首富丁昌盛的佃户。仇海的爹娘都长了一副好身板,天生是种庄稼的材料,又能吃苦,所以每年的收成都不错,能按时交租,多年来一直和丁府各得其所,从来没有过任何过节。世事难料,就在丁家的大小姐丁雪娇与仇海相识的第二年,发生了一件事情,彻底改变了仇海的人生轨迹。

那是一个非常平常的下午,仇海 5 岁的弟弟仇江和丁昌盛的儿子丁小宝在一起玩耍,后来为抢一只蛐蛐打了起来。仇江个子高,又有劲儿,三下五除二就将丁小宝骑在了身子底下,丁小宝就杀猪般嚎叫了起来。事有凑巧,丁昌盛外出正好经过这里,看到自己的宝贝儿子被一个佃户的儿子骑在胯下,顿时火冒三丈!他冲过去,两只大手狠狠地掐住小仇江的脖子将他提了起来,然后用力抛了出去。仇江落地时脑袋正好磕在一块石头上,当场就断了气。仇海娘听说后,“哎哟”一声就疼昏了过去。仇海的爹先去找丁昌盛评理,却被守门的家丁拒之门外。这个老实巴交的庄稼人一气之下去了镇公所告状,一个文书模样的人让他回家听传讯。当天晚上,丁昌盛就指使手下的爪牙把他关进了私设的牢房里,仅几天的工夫就将这个无辜的汉子活活折磨死了。仇海娘承受不住丧子又丧夫的打击,埋葬了丈夫后的当天晚上，这个苦命的女人就上吊自杀了。仅几天的工夫，好端端的一个家就只剩下了仇海一个人。丁昌盛为了斩草除根，派人去杀仇海。幸好，丁雪娇无意中听到信儿，派一个长工来给仇海送信，仇海连夜出逃，一头扎进了深山里，才捡了一条性命。

仇海在深山密林中躲了几天，由于没有食物和水，终于饿昏了过去。等他醒来的时候，命运已经给他铺好了一条别无选择的道路。救他的是一伙土匪，走投无路的他只能听从了命运的安排，给土匪头子当了一个跑腿儿送信儿的小喽啰。数年之后，他因不满那帮土匪杀人如麻，就带几个知己弟兄另立山头，占据蜈蚣岭，做了个不大不小的山大王。

做了土匪后的仇海，每天苦思冥想的事情就是想办法杀了丁昌盛全家，以报父母兄弟之仇。但丁家大院家丁众多，防范严密，他一直无法下手。况且，丁昌盛知道仇海早晚要找他报仇，就从黑道上请来了一名高手教儿子打枪练武，并把城里上学的女儿丁雪娇也强拽回来学武，以防不测。即使丁昌盛外出，也是前呼后拥，保镖林立。因此，仇海当土匪已经 10 年了，报仇的事一直没达到目的。

随着岁月的流转，仇海在附近的山头上已有了些名气，他不但枪头子准，而且还练就了一身好功夫。加上他为人仗义，劫富济贫，从不滥杀无辜，在这个战乱连连的年代，很多无路可走的人都慕名投到他的门下，使蜈蚣岭这个小山头人气渐旺，羽翼日见丰满。当地最有实力的大土匪马大头多次想拉他入伙，以壮大自己的势力，都被仇海拒绝了。县保安团也暗中派人找过他，透露出招安的意思，他也婉言谢绝了。仇海有自己的想法：整天做刀尖上舔血的营生，绝非长久之计，一旦报了大仇，就下山做个安善良民。

这一天，仇海正在自己的山寨里苦苦思索报仇的计策，一个小匪来报：当家的，山下有人求见。仇海一愣，自己从不与外界打交道，也没什么朋友，是谁冒着杀头的危险来找自己呢？

一会儿的工夫，小匪领进来一个穿长袍的青年汉子。那汉子见了仇海，斯斯文文地拱了拱手说：在下陈秀军，见过仇大当家的。仇海见这人面目和善，不像是奸人，就请他坐了。

一番客套之后，陈秀军就向仇海交了底儿，原来，陈秀军是潜伏在丁镇一带的八路军游击队队长，想请仇海带领手下的人加入游击队，共同对付日本鬼子。

仇海一听又是拉他入伙，不假思索地回绝说：在下沦落为匪，是为报自家的深仇大恨，一旦报了仇，就下山做个自食其力的百姓。

陈秀军苦笑了一声说：当下日寇入侵，民不聊生，国家危在旦夕，你以为报了家仇就可以过安生日子了吗？

仇海说：在下是个粗人，不懂得你讲的大道理，只知道父母之仇不共戴天。

陈秀军还未张口，仇海已将桌上的茶杯推到他的面前说：先生，请喝茶！

陈秀军遗憾地摇了摇头，站起来和仇海告辞了。

三

陈秀军走后的第二天，仇海终于找到了一个报仇的好机会。这一年，正赶上小鬼子进了丁镇，并在镇子的四个角上修建了炮楼。丁昌盛很快就和小鬼子勾搭上了，做了丁镇的维持会会长。从此，他依仗小鬼子的势力，更加不可一世，毫无顾忌地欺压当地的老百姓。人们对他恨之入骨，但又奈何不了他。为巩固自己的势力，丁昌盛从鬼子手里买了20条快枪，将手下最得力的20个爪牙送到鬼子的据点里受训去了，家中正好空虚。因为受训的爪牙晚上还要回到丁家看家守院，所以，仇海选择了中午这个时间。他将山寨的一切事务都交给“二当家的”，然后带了四个得力的小匪各骑一匹健马直奔丁镇。

仇海来到丁昌盛的大门口，对看门的家丁说，快去里面通报，就说门外有远房亲戚到了！家丁看不清仇海等人的来头，“噢”了一声向院内跑去。仇海等人紧跟着进了院。一进院子，迎面正碰上丁家的大少爷丁小宝。当年，仇海的弟弟就是因丁小宝而死，才落了个家破人亡的惨景。丁小宝正在院子里练功，他是听到外面的马叫声出来看个究竟的，却差点儿和仇海撞个满怀。显然，他已经不认识仇海了，当即拉下脸来问：你是干什么的？竟然敢擅闯丁府？

仇海冷冷地说：在下仇海！找你们全家报仇来了！

丁小宝打了个冷战，但随即，他就平静下来。他强挤出一丝笑说：既然来了，就请吧。说着，就作了个“请”的姿势。仇海径直向后院走去，他知道，丁昌盛住在第二排房子里。谁知，他刚从丁小宝身边走过，就听到一种细微的、熟悉的声音，他猛然转过身来，枪已经拿在手中了，这时，丁小宝的枪刚刚拔出半截，仇海已经扣动了扳机，子弹不偏不倚，正打在他的胸口上，他“哇”地嚎叫了一声，两股血分别从胸口和嘴里喷涌了出来，然后，他往前趔趄了两步，扑倒在仇海的脚下，一只手不甘心地抓住了仇海的裤管，身子一挺，就不动了。

仇海刚松了一口气，忽然感觉到不妙，一种危险的信号从背后漫延了过来，这是他多年刀头上舔血修炼的一种敏感。他慢慢地转过身来，看到一只黑洞洞的枪口正对着自己，持枪的人，竟是个20岁左右、面若桃花、明眸皓齿的少女。从面相上，仇海认出，她正是丁昌盛的女儿丁雪娇。一瞬间，丁雪娇也认出了他，迟疑着收起了枪。两人四目相对，都呆在了那里。

良久，丁雪娇喃喃地说：仇海，你终于来了。

仇海这才醒过神来，明白了自己的处境和来此的目的。他冷冷地说：大小姐，人不死，账不烂，在下上这里讨债来了。

丁雪娇还未说话，一个沙哑的嗓子在仇海的背后尖笑了一声说：只怕你没这个机会了。仇海转身一看，大吃了一惊。背后站着瘦猴般的丁昌盛，嘴里叼着水烟袋。而自己的周围，早已经站满了荷枪实弹的黄皮儿鬼子。他带来的四个小匪早已经血淋淋地躺在了地上。

仇海一直是丁昌盛的一块心病，多年来他一直处处防着他，今天他将大部分打手派到鬼子的据点里学打枪，府内空虚，他担心仇海会乘机报仇，就请了一个小队的鬼子来护院。刚才仇海进院时，丁昌盛正在后院陪鬼子们喝茶，因此耽误了丁家大公子的一条命。听见枪声，他们才跑了过来。丁昌盛知道这一下仇海是插翅难逃了，想到多年的心病就此了断，不免有些得意，他“咕噜”吸了一口水烟说：仇海，你在外面风光了这么多年，老爷我一直惦记着你，想不到今天你自己送上门来了，还留句话吗？

面对仇人，仇海的眼珠都红了，但他知道此刻不是报仇的时候，当务之急是如何脱身。为了稳住丁昌盛，他便决定先拖延时间，再想办法脱身。于是，他微微一笑，一抱拳道：丁老爷，这么多年不见，你活得挺好吧！

谁知，丁昌盛这个老狐狸看破了仇海的心思，他突然沉下脸来道：老爷我不想跟你费话：你一时不死我就一时不得安生！说罢，他冲鬼子们一挥手，说了一句鬼子话：死啦死啦的。鬼子们将枪口都对准了仇海。几乎就在枪响的同时，仇海扑身一个滚翻，刹那间出现在丁雪娇的身后，他用一只胳膊勒住她的脖子，挡在自己身前，另一只手从腰里抽出一把雪亮的匕首，搁在丁雪娇的胸前，厉声道：丁昌盛，你敢让鬼子开枪！我先杀了你的女儿！

丁昌盛的脸一下子就黄了，他刚刚死了儿子，唯一的女儿再有闪失，他就后继无人了。他立即示意让鬼子们放下枪，然后强忍住惊惧说：仇海，今天算你赢了，只要你放下我女儿，我就放过你。

仇海沉声说：那好，让小鬼子给我让开路！

仇海挟持着丁雪娇为人质，顺利地出了丁家大院。丁昌盛道：现在你该放下我女儿了吧！

仇海“哈哈”大笑道：你这只老狐狸想得倒美，谁敢担保你不派人追我，还是让她送我一程吧！说完，他先将丁雪娇放上马，然后飞身上马，疾驰而去！

四

来到蜈蚣岭下，仇海说：再过七天，是我爹的祭日，我要用你祭父。丁雪娇冷冷地问：我向你求饶了吗？仇海一愣，他没想到这种时候她还这么平静，眼中掠过一丝异样的神情。

两人上了蜈蚣岭，来到山寨里的议事厅内。一上山，仇海就觉得寨内的气氛有些不正常。但他没往别处想，自己往正中的太师椅上一坐，示意丁雪娇随便坐。正在这时，“二当家的”领着四个健壮的小匪进来了，他冲仇海拱了拱手说：“大当家的，兄弟有件事想和您商量。”

仇海意外地“噫”了一声问：“啥事呀？”

“二当家的”迟疑了一下，咬了咬牙说：“请你让贤。”

仇海“腾”地一下从椅子上站起来问：“娘的，你吃了豹子胆？”话音刚落，只见那四个健壮的小匪同时从腰下抽出了“二十响”，一齐对准了仇海。仇海这才发现，这四个小匪他一个也不认识，心下顿时明白：“二当家的”是反了水了。他冷静地问：你不觉得自己太心急了吗？为什么不等我报完仇后让给你。

“二当家的”冷冷地一笑说：谁知你说得是真是假，老子早就等得不耐烦了。

仇海问：弟兄们答应吗？

弟兄们会答应的！

随着声音，一个高大的身影从大厅的小门里走了进来，竟是大土匪头子马大头！

他当即火冒三丈，手指“二当家的”骂道：你这个吃里爬外的畜生！竟勾引外人图谋不轨！你不怕天打雷劈吗！

“二当家的”无耻地笑了笑说：谁让你不识抬举，竟敢不给马大爷面子，今天你要识相,赶快自行了断,可以给你个全尸,否则……他话未说完,厅内突然响起了一片连珠炮般的枪声,“二当家的”和四个小匪同时晃了几晃倒了下去。马大头反应快,一听到枪声就伸手从腰里掏枪,刚掏出来,手腕上已中了一枪,枪随声落地。

开枪的人是丁雪娇。刚才谁也没有去注意厅内的这个少女,在剽悍的土匪们眼里,她在与不在没什么不同。他们做梦也没有想到,这个外表弱不禁风的美丽少女竟有这么快的身手和这么准的枪法。所以她突然出手,竟然一击成功。

仇海早已反应过来,用枪顶在了马大头的脑袋上。听到枪声,厅外“呼啦啦”跑进来一群小匪,竟然全是马大头的人。但他们见自己的头儿被人用枪顶着脑袋,谁也不敢冒失,只是大眼瞪小眼地愣着。

仇海用枪筒敲了敲马大头的脑袋说:姓马的,咱们本该井水不犯河水,可今天你先坏了规矩,我一枪打死你,谁也说不出我仇海心狠手辣,但我不想胡乱杀人,你只要说出我的弟兄们的下落,咱今天就你走你的阳关道,我过我的独木桥,从此互不干扰,你看怎么样?

马大头见事已至此,不答应是不行了,只好痛痛快快地说:好!今天你能放我一条生路,我姓马的定当后报!就依你吧!随后,他对门口的小匪们骂道:奶奶的,都愣着干什么?快去把那些弟兄们都放了,今后咱们又是一家子了。

原来,“二当家的”早有谋反之心,和马大头早就有勾结,只是碍于手下的小匪们对仇海的拥戴才不敢下手。今见仇海下山报仇,又带走了最亲信的几个小匪,自认为时机已到,就差人把马大头请来,做好了对付仇海的准备。他怕手下的小匪们不听他的招呼,坏了事,就提前找理由收了他们的枪,让马大头的人将他们软禁了起来。他万没想到,自己策划得如此周密的事,竟坏在一个俊秀的少女手里。

马大头谢过仇海的不杀之恩,带着他的喽啰灰溜溜地走了。

五

等厅内只剩下仇海和丁雪娇时，仇海忍不住问：你为什么救我？

丁雪娇冷冷地说：我不救你，只怕你连我家的大门也出不来。

仇海仔细一想，不由出了一头冷汗。凭丁雪娇的身手，自己虽能将她制服，但在那种情况下，他决不会一击成功，那么容易地将她掌握在手里。仇海沉默了很久之后，缓缓地说：我知道你还念着我们那段旧情，但我们两家的仇太深了，今天我又刚刚杀了你的弟弟……你走吧！

丁雪娇冷笑不语。

仇海恼怒地问：你笑什么？

丁雪娇说：我笑你枉为七尺男子汉，如今国难当头，你竟然把心思全放在报私仇上，你报了仇之后，还干什么呢？

仇海"哈哈"大笑道：在下虽然没有为国家做什么大事，但作为一个中国人最起码的良心还有，我没给日本人当汉奸。

这一句话无疑戳到了丁雪娇的痛处，她咬了咬嘴唇，站起身来大踏步走了出去。

仇海跟出来说：我送你一程吧。

仇海和丁雪娇下了蜈蚣岭，和来时一样，两人同乘一匹坐骑，丁雪娇在前，仇海在后，向丁镇奔去。离镇子越来越近了，周围的一切也都熟悉起来，花草树木，小桥流水……

一直不说话的丁雪娇突然问：小海，你还记得这个地方吗？

在曾经生活了十几年的熟悉的环境中，这一声"小海"使仇海蓦然回到了少年时期。那时，丁雪娇见面总是这样称呼他。他一看周围的地形，明白了，这儿就是当年他救丁雪娇的地方，回首往事，他内心一阵冲动，不由得一下将丁雪娇紧紧抱在了怀里。

自从仇海在蛇口下救了丁雪娇之后，一直非常寂寞的丁雪娇经常偷跑出来找他玩耍，跟他上山打柴，下河摸鱼。对于这一对少男少女来说，那是他们生命中最美好的时光……

那是一个秋风渐凉的季节，满山都是金黄的颜色和野果子的清香。丁雪娇随仇海在山上打柴。两人在一起的时候是非常愉快的，经常忘了时间和周围的一切。不知从什么时候起，天上开始飘下毛毛细雨。起初，两人都没有察觉，一直到雨下得像断了线的珠子，两人才同时惊呼：呀！下雨了！

雨越下越大，下山是来不及了。当两人在周围转了无数个圈子，终于找到一个可以避雨的山洞时，他们的衣服已经淋透了。山洞里有阴风穿行，两人冻得瑟瑟发抖。幸好洞内有些干草，显然是有人在这里休息时铺到地上的。仇海点燃了一个火堆，洞内才逐渐暖和起来。丁雪娇的衣服紧紧贴在了身上，起伏有致的身子暴露无遗地展现在了仇海的面前。仇海既想看又不敢看，目光有些躲躲闪闪的。丁雪娇也发现了自身的秘密，羞得满面通红，她迟疑地说：小海，你出去一下行不行？我想……烤烤衣服……

仇海赶紧走到了山洞口上，找了一个既能避雨又看不到丁雪娇的地方站下了。冰冷的衣服贴在身上，使仇海有种说不出的难受。他索性将衣服全脱下来，用力拧了拧，把大部分雨水都挤了出来。正想穿上时，忽然听到洞内一声尖叫：啊——小海！快来！快过来呀！

仇海听她叫得凄厉，不敢怠慢，几步就窜进了洞内。他还未走到火堆旁，同样一丝不挂的丁雪娇乳燕投林般钻到了他的怀里。仇海一看，原来是一只大黄鼬正直立在火堆旁，两只爪子摆弄着脑袋在烤火。仇海拍了拍丁雪娇的肩说：别怕别怕，一只黄鼬，它不伤人……蓦地，一种奇异的感觉像过电般传遍了他的全身，怀里的丁雪娇周身光滑湿润，散发着一种神秘的香气，他全身的血液“忽”地沸腾起来，心脏突然间加快了跳动。他看到丁雪娇也满面绯红，娇嫩的双唇鲜红得像要滴下血来……

雨停了。下山的路上，两人谁也没和谁说话，甚至都没有互相看一眼。但从此之后，两人再在一起时，都有了一种异样的、朦胧的、甜丝丝的感觉。

10年了啊！仇海看着怀中已经风姿绰约的成熟的丁雪娇，长长地叹了口气，然后在马的屁股上狠狠抽了一鞭！

六

两人分手后的第三天，丁雪娇再次来到了蜈蚣岭。仇海没想到这么快就又见到了她，又惊又喜，急忙把她让到自己的会客室里。将人都打发走后，丁雪娇说：小海，这次来，是我爹让我来的。

仇海一愣，随即态度就冷了下来：他叫你来干什么？

丁雪娇说：他让我来跟你讲和。

仇海"腾"地站起来说：讲和？可能吗？我们家的三条人命就这样算了吗？

丁雪娇不慌不忙地说：其实，我们家只欠你一条人命，你爹那条命确实是我爹害的，现在你已经杀了我弟弟，就算两抵了。

仇海怒道：那俺娘呢？俺弟弟呢？就白死了吗？

丁雪娇依然不愠不火地说：你弟弟是我爹误伤的，你娘是自己上吊死的，怎么能都算到我爹的账上呢？

仇海一时语塞，他涨红了脸说：那、那总不能白死吧？再说，俺娘还不是心疼俺爹和弟弟死的。

丁雪娇笑道：当然不能白死了，我爹说了，只要你肯跟我们家和好，他就把我许配给你，到时候，我们家的万贯家产还不都是你的。

仇海说：让我去跟你爹当汉奸？除非日头从西面出来。

丁雪娇忽然红了脸儿，她偎在仇海的胸前说：只要你答应跟我们家和好，我保证以后不让爹当汉奸了。

当真？你爹会听你的？

丁雪娇站直身子，坚定地说：我以人格担保，决不会再让他当汉奸。

仇海陷入了沉思。

丁雪娇也不说话，默默等着他做决定。

过了好长时间，仇海说：好吧，为了你，我答应。

丁雪娇望着仇海的眼睛，缓缓地说：小海，我知道你是个聪明人，遇事都要多长个心眼儿。

仇海将丁雪娇揽在怀里说：你放心吧，我心里有数。

第二天一大早，仇海按照和丁雪娇的约定，带上厚礼和四个随从，一路吹吹打打地来丁昌盛家求婚。丁昌盛早派了十数人在镇子的入口上迎接，将仇海一行人接到了丁家大院。

丁昌盛的管家将仇海等人让到客房坐下，吩咐人上了茶，就退了出去。仇海在上座上四平八稳地坐下，悠闲地品着一杯“碧螺春”。四个随从一边两个，手按枪柄，如临大敌。

仇海笑了笑说：你们不必这么拘谨，这儿以后就是我的老丈人家了。四个随从就都松了一口气，跟着笑了起来。他们的笑声未落，客厅的前后门窗同时打开了，从各个门窗口内都伸进了黑洞洞的枪口。四个随从大惊，都迅捷地掏出了双枪，顶上了火。

仇海坐在椅子上动也没动，他示意手下人别轻举妄动，然后抬高了嗓门说：你们丁家就是这样欢迎未来的女婿吗？

一阵沙哑的笑声之后，丁昌盛的声音从门外传进来：仇海，你真是癞蛤蟆想吃天鹅肉，我丁昌盛的千金，能下嫁一个佃户的儿子吗？你上当了，傻小子！

仇海“哈哈”大笑道，丁昌盛，你真是无耻到家了，竟然拿自己的闺女当诱饵，你就不怕坏了闺女的名声吗？

丁昌盛阴笑了一声说：我不想给你这个穷小子磨嘴皮子，小子们，将这几个杀人越货的土匪给我乱枪打死！

外面忽然传来一阵激烈的枪声，随即听到有一个家丁惊慌地喊：老爷，不好了，土匪把我们家包围了。

丁昌盛问:来了多少人?

家丁还未回答,大门“咣当”一声被撞开了,“呼啦啦”闯进一队手持短枪的黑衣人,将丁昌盛等人围在了核心。

仇海早就料到丁昌盛这只老狐狸不会真心和自己言和,只是想用女儿作诱饵来除掉他这个心腹之患。于是,他决定将计就计,假意答应下来,暗中却召集了附近几个山头上的土匪,让他们提前进入丁镇,乘丁昌盛全力对付仇海之时,神不知鬼不觉地包围了丁家大院。由于仇海在土匪中有很好的人缘,所以土匪们都倾巢而出,大力相助。就连和仇海结过“梁子”的马大头听到信息后,也率领了50个精干土匪赶来帮忙。这样一来,情况陡转直下,土匪们以绝对的兵力优势将丁昌盛手下的20支枪全部缴获了。这20个在小鬼子手下训练了一个多月的“枪手”还未找到用武之地,就成了土匪们的俘虏。

当下,仇海命人将丁昌盛家的所有家丁都关在一间屋子里。然后,命人将丁昌盛绑在一把椅子上,当着他的面,他和马大头等几个土匪头子商量怎么瓜分丁家的财产。

马大头笑着说:财产都归我们,那个小妞儿归仇当家的,怎么样?

另几个土匪头子便都鼓掌起哄,表示赞同。

丁昌盛眼睁睁看着自己的财产被土匪们瓜分,而且还当面羞辱他的闺女,又羞又怒,两只通红的眼珠子好像要喷出火来。无奈,他早被土匪们绑在一把沉重的椅子上,连腰都直不起来。

仇海眼见大仇得报,心中十分快慰,想到几天之后就是他爹的祭日了,正好拿仇人的头祭奠一家人的亡灵,至于财产,他并不放在心上,只是一直没看到丁雪娇,他心中稍感不安。正在这时,外面突然响起了清脆的枪声,仇海吃了一惊,因为从枪声上,他听出是鬼子的“三八”大盖。果然,一个小匪急匆匆地跑进来说:大当家的,不好了!据点里的鬼子都来了,把大院围起来了。

丁昌盛这才得意地抬起头来说:姓仇的,你高兴得太早了吧!

几个土匪头子都将目光集中到仇海的身上,马大头迫不及待地问:仇当家的,你说吧,咱怎么办?

仇海“腾”地站起来说:能怎么办?跟他们拼!

对!跟小鬼子拼了!

宁死也不当俘虏!

仇海吩咐自己的手下全部攀上围墙的墙头,将枪口对外,防止鬼子爬墙而入,其余的人都死守大门。

起先,鬼子们向门口发起激烈的进攻,企图冲进大院,被土匪们用子弹硬顶了回去。虽然土匪们没经过正规的军事训练,但他们有他们的特长,枪头子准,打起来不要命。因此,战斗力较强。后来,鬼子调来了“六零”小炮,先向院内轰炸了一气,又将围墙炸开了几个口子,然后分几路冲了进来。刚才的一阵轰炸,土匪们已经死伤了大半,子弹也快打光了。鬼子们冲进来后,双方就展开了肉搏战。拼刺刀本是鬼子的强项,他们又人多势众,而土匪们大多使的是短家伙,因此一交手就处在了下风,惨叫声此起彼伏。仇海眼见自己的人越来越少,而鬼子越涌越多,心中十分着急。他抡着一把从一个鬼子军官手里夺来的日本军刀,在鬼子丛中左右冲杀,一气砍死了十几个鬼子。但仅凭他个人的英武,仍然挽不回局势。部分土匪见大事不妙,想找机会逃跑,但路全被鬼子封死了,根本无路可逃。

马大头边和一个鬼子拼着刺刀边对仇海说:大当家的,咱们今天死定了,拼一个够本,拼两个赚一个吧!说着话,一刺刀将对面的鬼子挑死。他仍觉得不解恨,用力将对手挑了一人多高,重重地摔在了地上。但就在这时,一柄刺刀插进了他的后心……

马大头晃了晃,笑着对仇海说:咱可先走了,黄泉路上见吧!

摇晃着倒在了血泊中。

四周忽然响起了一片喊杀声。紧接着,四股人马擎着大刀长矛,从四面杀了上来。从大门冲进来的一伙,为首的是一个青年男子,左手持短枪,右手握着一把鬼头刀,像一股旋风般杀入鬼子丛中,直劈得鬼子鬼哭狼嚎。仇海觉得这人好面熟，但一时想不起是谁，他也顾不得想了，抖擞精神，将大刀抡得“呼呼”生风。从西面的缺口处杀进来的一股人马中，当先一人，手持长矛，长发飘飘，正是丁家大院的小姐丁雪娇。仇海觉得事情越来越复杂了，但他管不了这么多了，先把鬼子收拾了再说。由于鬼子们也经过了一场大战，有些疲劳了，再加之刚刚加入战团的人又多，士气正旺，所以战局一瞬间陡转直下，鬼子们纷纷号叫着倒在血泊里。不到一顿饭的工夫，鬼子全军覆没，死尸躺满了丁家大院。

那位左手持枪、右手持刀的青年男子命令手下的人打扫战场，然后笑吟吟地来到仇海面前问：仇当家的，别来无恙？

仇海仍然没有想起这人是谁，只好一抱拳道：多谢兄弟救命之恩，仇海定当厚报。

这时，丁雪娇一边擦着汗一边走过来，她指着那青年男子问：小海，你不认识他了吗？

仇海摇了摇头。那青年男子过来一抱拳说：在下陈秀军……

仇海恍然大悟，原来这人就是曾上蜈蚣岭劝他加入游击队的那个长衫汉子，当时见他斯斯文文，没想到竟有这么好的身手。他不解地望着丁雪娇问：你是……

丁雪娇说：一句话也说不清楚，我们还是到屋里说吧。

原来，丁雪娇在城里读书时，就秘密加入了共产党。她回到丁镇后，一边力劝其父丁昌盛支持抗日，另一方面负责探听丁镇的情报。后来，她见父亲听不进她的忠告，就和陈秀军谋划端掉鬼子设在丁镇的据点，打击一下鬼子和汉奸的嚣张气焰，然后再借机劝说父亲回头。但由于鬼子武器精良，人又多，一直找不到合适的机会。前几天，丁昌盛突然对丁雪娇说要和仇海和好，招仇海为婿。丁雪娇一眼就看出父亲是在玩弄诡计，他是想引仇海下山，借鬼子的力量消灭仇海的人马。而同时她知道仇海决不会相信丁昌盛，肯定会借机调动人马实施他的复仇计划。于是，她及时将信息报告给了陈秀军，两人一商量，决定来个将计就计，借丁昌盛和鬼子把精力全放在仇海身上这个机会,到时候乘势出击,先端据点,再救仇海,定能大获全胜。于是,丁雪娇才只身上了蜈蚣岭……

听完丁雪娇的解释,仇海才明白,自己和丁昌盛互相算计,却都没有瞒得过丁雪娇和陈秀军两人,自己只想报家仇,而他们俩想的,却是抗日救国的大事,相比之下,自己太自私、太卑微了。仇海说:现在丁昌盛也抓住了,你们看怎么处理吧?

陈秀军问:人呢?在哪里?

仇海跑到门口一看,捆绑丁昌盛的那把椅子已经成了一堆烂柴,丁昌盛不知去向了。

陈秀军说:肯定是乘乱跑了,我带人去抓捕。

只剩下仇海和丁雪娇两个人了。

丁雪娇轻声说:我爹可能已经从密室里跑了,他们抓不到的。

仇海疲倦地倚在门框上,面无表情地说:我知道是你放他走的,我不怪你。

丁雪娇说:他现在大势已去,既做不成什么恶事也当不成汉奸了,你能不能放他一条活路?

活路?我丁家上百年的基业全毁于一旦了,你让我活着还有什么用?

话音刚落,墙上挂着的一幅画忽然自动卷了起来,丁昌盛从里面走了出来。

丁雪娇惊叫道:爹!你没走?

丁昌盛老泪纵横道:我还往哪儿走?八路军游击队不会放过我,日本人也不会放过我的,左右一死,不如拉仇家小子来垫背!

丁昌盛猛然举起双手,左手里竟然握着一枚比拳头还大的手雷,右手也抓住了拉弦。

丁雪娇哭喊道:爹!不要呀!不要再害人了!

丁昌盛怒道:你还不快走!你想让我们丁家人都死绝了吗?

仇海闪电般拔出了驳壳枪!

丁昌盛狞笑道：姓丁的，你开枪呀！开呀！正好我们同归于尽！

说着话，丁昌盛拉开了拉弦，和身向仇海扑了过去！

与此同时，丁雪娇从斜刺里一跃而起，将丁昌盛扑倒在地上。

“轰”！

仇海被一股强大的气浪从门口抛到了屋外！

在落地的一刹那间，仇海就醒了过来。他疯了般冲进烟火弥漫的屋子，将浑身血迹的丁雪娇抱了出来。他紧张地把她全身上下查看了一遍，竟然没有找到一处伤口。显然，手雷是在丁昌盛怀里爆炸的，丁雪娇只是受到了强烈的震动。仇海把丁雪娇搂在怀里，用力晃了晃，并平生第一次喊了她的名字：雪娇，雪娇……

丁雪娇睁开了秀美的双眼，目光有些散乱。她用微弱的声音问：小海，你……是在叫……我吗……

仇海用力点了点头。

丁雪娇笑了，苍白的脸上透出淡淡的红晕，她看着仇海的眼睛说：小海，你……你的家……家仇，终……于……报……报了……

说完，丁雪娇头一歪，嘴里涌出一大口鲜血，脸上那淡淡的红晕倏然消失了。

雪娇！雪娇……任仇海怎样摇晃，丁雪娇也没有睁开眼睛。

陈秀军含泪拽起仇海说：别晃了，她身上虽然没伤，可她的五脏六腑全都被震坏了。

仇海痴痴地望着丁雪娇，一瞬间他才深深地感受到，这个姑娘对他是多么的重要，然而，他多年来一直深埋在家仇中不能自拔，竟然忽视了她这么美好和纯洁的感情……

仇海重新将丁雪娇抱在怀里的时候已经异常平静，他像哄一个睡着的孩子那样轻轻拍着她的后背说：雪娇，你安心地去吧，我知道自己该干什么。

四　爷

执笔以来，我一直最想写的一个人，是我们村南头独居多年的四爷。四爷在弟兄们中排行老四，晚辈们喊他四爷，但成年后的四爷实际上只有哥儿一个，他前面的三个哥哥都夭折了。由于我与四爷的年龄相差太过悬殊，所以，我对他的印象是碎片式的，很难串联起来，想了好多年，也无从下笔。

去年清明节，我回老家为父亲扫墓，一进入村南的那片墓地，就看到四爷的坟上长满了杂草，竟然还被狸子、獾之类的动物挖了两条深深的洞。想必四爷那定居法国的儿子一直没有再回来过。想起四爷当年的壮举和身后的萧条，心下不禁怅然。

我正面接触到的四爷，已经是晚年的四爷了。在我的印象里，四爷是一个身材高大、肩宽体壮的老头子，四方大脸，红脸膛，酒糟鼻子。晚年的四爷非常闲适，每天饭后，他都会拿一把躺椅，在门口找一个地方或坐或躺。冬天，他找有阳光的地儿，一边享受着阳光的普照一边闭目养神；夏天，他就在门前那棵大梧桐树下乘凉，身边多了一把蒲扇。一年四季，他身边离不了的，是一只灰色的烟荷包和一杆黄灿灿的烟斗。无聊时，他就拿烟斗在烟荷包里狠狠地挖一下，用拇指将旱烟叶子摁实，然后划一根洋火，将火放在烟叶子的上方，一吸，洋火棍上的火就矮了下去，燃着了烟叶。四爷将洋火棍儿晃一晃，待火熄了，随手扔在脚下。四爷开始专注地吞云吐雾，半边脸便隐在了烟雾中。

四爷最高兴的时候，是我们放了学，在他门口玩耍的时候。这时候他会站到我们中间，教我们翻跟头，扎马步，扫蹚腿等功夫。有时还会从家里拿出一根直溜溜的白腊木，缓慢但极有章法地给我们舞弄几招。他那套棍法舞得特别好看，我们每人拿了一根棍子学着他的样子练，却没有一个人能练成。于是，便都拿着棍子围着四爷，往他身上乱戳乱点。四爷便退到一堵墙下，背对着墙，把我们的棍子一一拨到一边，使我们的棍子始终碰不到他的衣服。有时四爷实在累了，而我们不管死活地围着他闹个没玩，他便虎了脸，闪电般将棍子打到我们持棍的手背上，我们手一麻，棍子就纷纷落地了。有村人路过，多半会小声嘀咕几句，真是个老小孩！也不撅起腚来跟小孩们比比！四爷听见了也只作没听见，一副不屑的样子。在四爷的悉心教导下，我们的功夫还真的大有长进。我能学会“鲤鱼打挺”，得益于四爷手里的一杆木叉。四爷把木叉把儿插在我的脖子底下，待我蓄势要起时，便轻轻往上一挑，我借了力，便起来了，如是反复几次，我找到了感觉，掌握了要领，很快能自己“挺”起来了。四爷年轻时曾拜师学过艺，是有些真功夫的。

村里人都知道一个传奇性的典故，是四爷空手杀鬼子的那档子事儿。我上初中那年，几个目击者都还健在，还经常绘声绘色地在田间地头抑或炕头上讲述。

那一年盛夏，鬼子在我们村前修炮楼子，抓了很多的青壮年去干活儿。一个中午，大部分人都在午休，一个站岗的鬼子肩扛着枪慢腾腾地遛到村里来了。他是来干什么的，至今也没人弄清楚，猜想也不外乎是想到村里抓只鸡杀条狗的打打牙祭，这是日本鬼子最常干的坏事儿了。这个鬼子在无人的村街上七绕八绕，甭说鸡了，连一个人影也没见到。后来，他无意中闯进了豆腐李的家。这时节，豆腐李两口子赶集卖豆腐还没有回来，只有他们的闺女豆苗儿在家。豆苗儿当时正在睡午觉。鲁西北一带的农村，睡午觉是不插门的，大都虚掩着门睡。中午大家都睡觉，没有人会串门子的，多年的习惯已经成了惯例。这个鬼子在豆腐李的院子里寻摸了一圈，没找到有油水的东西，就慢慢地推开了虚掩着的屋门。一进屋，鬼子一眼看见侧躺在炕上睡觉的豆苗儿。豆苗儿当时穿得很少，凹凸有致的曲线一览无余。鬼子大喜，把肩上的步枪往炕上一扔，就扑了上去！豆苗儿从梦中惊醒，见身上压着个人，就撕心裂肺地喊了一声：救命呀！大晌午头的，周围很静，她这一嗓子就传得很远。最先听到她呼救的，就是隔壁的四爷。四爷没走大门，直接翻墙就进了豆腐李的院子。他进了门当即大吼了一声：住手！这一声大吼，比刚才豆苗儿呼救的声音还大，闻声赶过来的村长赵拐子和杀猪的朱老四从半路上就听到了这一声吼。鬼子正在兴头儿上，被这一吓，顿时急红了眼，他放下豆苗儿，抄起炕上的步枪，狠狠地冲四爷捅了过来。四爷随手拿起门后的一把扫帚用力一拨，那白晃晃的枪刺就捅到了一边的土墙上！墙土四溅，腾起了一股呛人的尘土。四爷没容鬼子把枪抽回去，就用左手抓住了枪杆子，上前一步，右手掐住了鬼子咽喉。据豆苗儿后来讲，她在炕上就听到了鬼子的气管被掐断的声音，咔嚓的那么一下子，鬼子就像一摊烂泥般软在了地上，一缕黑血，蚯蚓般顺着鬼子的嘴角淌到了泥地上。这时，村长赵拐子、杀猪的朱老四，还有豆腐李两口子，都一起赶到了。豆腐李一看见鬼子的尸体就瘫在了地上，满口白沫。其他几个人也都傻了般，你看看我，我看看你，都不言语。后来，还是四爷先打破了沉默，他拍拍胸脯子说：人是我杀的，我自个儿担当，保你们没事儿。朱老四说：你说没事儿就没事儿了？鬼子是你儿子？还是先把人埋了吧。村长赵拐子点头说：对，就听老四的，先把人埋了，就当嘛事儿没有，完事谁该干啥还干啥去。朱老四回家拉来了他平时卖猪肉用的地排车，把鬼子弄到车上，上面盖了包肉的油布包，把鬼子拉到了徒骇河边上，连同那杆枪一起埋到了河滩上。埋前，朱老四建议把那杆枪留下，四爷坚决地拒绝了，接下来发生的事情证明四爷是对的。

傍晚，鬼子中队长发现少了一个鬼子，就有人报告说中午的时候有一个哨兵进了后面的村子，一直没出来。鬼子的翻译官就带着两个鬼子来找了村长赵拐子，撂下一句话，限明天一早交人，交不出人，屠村。翻译官刚走，整个村子就沸腾起来。那时候的村长很不好当，很多村长既是鬼子治下的伪村长,也是八路军的村长。四爷找村长,拍着胸脯子说:把俺交上去,就什么事儿也没了。村长嘬着牙花子在屋里转过来转过去的,好半天没说话。四爷说:你要是害怕,俺自个儿去。村长说:你跟我来,咱们爷们只能是赌一把了。村长拿出了全部的积蓄,又从家境较好的几户人家借了点儿,凑足了100块大洋。村长就用这100块大洋敲开了鬼子翻译官的屋门。翻译官看了看桌上的100块大洋,也嘬着牙花子在屋里转来转去转了好长时间,然后说:你们先回去,我试试吧。

这件事情后来出乎意料地顺利。第二天一早,翻译官和鬼子中队长就带着十几个鬼子到了村里,由村长和四爷带他们去河滩上掘尸。尸体刚埋进去,还没腐烂,鬼子中队长验了验伤口,又摸起那杆枪看了看,然后,很有内容地看了四爷一眼,就命人把尸体抬走了。故事听到这里,我起初是死也不信的,我在一些抗战片上见到的鬼子可不是这样的,我们杀了他们一个人,他们会疯狂报复的。后来从部队转业回来的朱老四,让我彻底相信了这件事情。朱老四是四爷杀鬼子的事情发生之后从村子里消失的,至于他以前就是八路军,还是离开村子后去参加的八路军,就是一个谜了。新中国成立后,朱老四一直在部队上,后来他主动要求转回老家,就被调到了我们县的武装部。几年后朱老四离休了,愿意叶落归根,就回到了村里,在他的老宅子上翻盖了三间新瓦房。那时,我已经上初中了。晚上,我经常去他家里,在昏暗的煤油灯下缠着他讲些战争故事。我第一次去的时候,就把在脑子里萦绕了好久的疑问提了出来。

村里人知道的,只有一个四爷杀鬼子的经典故事,而四爷更精彩的故事,我都是从朱老四这里听到的,当然,我得管他叫四爷爷。四爷爷告诉我,那件事情是千真万确的。鬼子没有杀四爷,并不是鬼子仁慈,鬼子有鬼子的如意算盘。首先是那杆枪起到了至关重要的作用,四爷杀了鬼子,却没有拿走那杆枪,就证明了四爷是个地地道道的老百姓。因为那时候八路军极缺枪支弹药,如果是他们干的,绝对不会把那杆枪留下来。鬼子主要想对付的是八路军,对于个把老百姓的死活,并不放在心上。还有一个原因,就是那时候苏联红军已经对日宣战，小鬼子的拜把子弟兄希特勒和墨索里尼也兵败如山倒，国际形势对小鬼子十分不利，这时候的小鬼子已经不再像刚刚打进来那样烧杀抢掠了，他们梦想把中国作为他们长久的军事基地，长期地统治这一方沃土，用以同国际反法西斯国家周旋。作为妄想中的统治者，他们也需要维护一方的稳定和治安，所以，鬼子已经开始在中国的土地上实施“怀柔”政策。那个该死的鬼子擅自离队去村里强奸妇女，被老百姓打死了，从根本上讲这就是一个治安案件，不牵扯政治和战争，鬼子已经杀了很多的中国人，在这个时候再杀一个人，实在是没什么意义和价值。据翻译官透露，鬼子中队长回去后就把这件事情当成了一个反面教材，借以约束部下，并严训：再有擅自离队骚扰百姓者，一定严办！

事情过后，村长赵拐子觉得四爷再待在村里，总是不太安全，就托朋友给他找了份牵马的差事儿。从此四爷离开村子，开始了行走江湖的日子。

四爷离开村子之后，就跟着牲口贩子到处奔波，很少回村，所以，他以后的故事就鲜为人知了。直到朱老四回村，他中断的那段岁月才一点一滴地连接了起来。而这时，四爷已经垂垂老矣。

朱老四第一次找四爷帮忙，是让四爷帮他捎一封信。朱老四嘱咐四爷说：这封信比咱两个人的命都重要。四爷就点了点头说：明白了。四爷明白了，朱老四就再也没多说一句废话，四爷庄重的表情给了朱老四一颗定心丸。

但在路上，还是出了点事情。

四爷和他的东家等三人赶了一上午路，到晏城时，已经是晌午了。三人又累又饿，就在路边的一家小店打尖。伙计将他们的六匹马牵到后院喂料。东家好酒，一天三顿，顿顿不可无酒。三人点了一盆白菜粉条炖豆腐，又打了一斤地瓜烧，就狼吞虎咽地吃喝起来。另一个伙计不喝酒，这一斤烈酒就全进了东家和四爷的肚子。结完账，三人到后院牵马，才发现六匹马全都不见了。

东家是个火暴脾气，当即揪住店里的伙计要他们还马。

店伙计说：大爷您别着急，您的马被李司令征去抗日了，咱也惹不起呀！

东家抬手就给了伙计一个大耳刮子：哪个李司令这么不讲理呀！

伙计捂着被打红的脸说：你冲俺这么凶算什么好汉！你要真有种，就去李家寨找李连祥要去！

东家一听就蔫了，连连地摇头叹气说：罢了罢了，认倒霉吧！

当时在鲁西北一带，谁不知道杂团李连祥？他原本是土匪，因人马较多，又很能打仗，国民党曾收编过他，封了他一个“团长”。但不久他发现这个“团长”没什么油水可捞，上司不但不给军饷，还老敲诈他，就将队伍又拉了出来，取名“抗日先锋军”，自封司令。抗战全面爆发以来，民间的抗日武装很多、很乱，也没人追究他。他就打着抗日的旗号大肆强征一些富绅、商人的钱财。现在东家的六匹马被李连祥的人抢走，东家心疼自不必说，四爷也懵了。四爷为了混过路上各个卡子搜查，把朱老四给他的那封信藏在了一匹枣红马的鞍子里。

四爷来到李家寨时，已经是落日时分。李家寨的围子很高，隔不远就有一个炮台，每个炮台上都有一个持枪的汉子。四爷大声对寨墙上喊：各位弟兄，请通报一下李司令，就说北乡里有人来投靠了！还带了一份厚礼！

不一会儿，寨门就打开了，冲出来七八个健壮的汉子，不由分说，把四爷摁在地上就捆了个结实。四爷既不喊叫，也不反抗，任由他们推推搡搡地进了寨子。

李连祥正在院子里喝酒。他将一颗花生米扔到嘴里，看也不看四爷，慢条斯理地说：日本人的探子，到了老子这里，统统都是活埋！

四爷说：俺不是日本人的探子，俺是北乡里来的！

李连祥一仰脖，将一盅酒倒进了喉咙里，咂了咂嘴问：北乡的？哪个乡哪个村？

四爷说：徒骇河边，五里合子的。

李连祥说：前一阵子，你们那里有人徒手扭断了一个鬼子的脖子？

四爷往上挺了挺胸膛说:那就是俺。

李连祥轻轻扫了四爷一眼:鬼子没有杀了你?

四爷说:当时没有杀,可俺怕鬼子转了性子,几个月前就开始四处逃亡了。

李连祥这才转过脸来,看了看四爷。

四爷说:俺来投靠李司令,还给您带了一份厚礼!

李连祥缓缓站了起来,上上下下把四爷打量了一遍,然后大喝一声:松绑!

李连祥亲自端起一杯酒,递到四爷的面前。四爷接过来一口干了,然后一用力,厚实的粗瓷酒杯碎成数片。

李连祥咧开大嘴笑道:好好!看来不是冒牌的,你带的厚礼呢?

四爷说:在下给李司令带了六匹好马,可惜,刚刚在晏城打尖时,被土匪抢了!

李连祥怒骂道,谁他奶奶的活腻了,敢在老子的地盘上做买卖,来人……

慢!一个师爷模样的斯文男子打断了李连祥的话,随后,他在李连祥耳边小声地嘀咕了几句什么。

李连祥转怒为喜,他奶奶的,这肥水没流外人田,那六匹马,我手下的弟兄已经帮你牵回来了!兄弟,咱们今儿有缘相聚,来个一醉方休!

很多年后,村长赵拐子告诉四爷,李连祥曾派人来调查过他的底细。我们在很多年后猜想,事情有两种可能。第一种可能,是四爷投靠他的第二天,李连祥就悄悄派手下来了我们村,经过证实,四爷确实就是徒手杀死鬼子的好汉。否则,李连祥不会那么快就完全信任了四爷,四爷就更不可能在投靠了他三天后就得手了。他成功地带着六匹马和朱老四托付的信逃离了李家寨。第二种可能,是四爷带着六匹马逃离李家寨后,李连祥派人来我们村抓捕四爷,因没有找到,也就做罢了。据朱老四讲,抗战胜利后,李连祥对于国共两方的收编均置之不理,还公然与解放军武装对抗,终被围剿活捉,经审判,因其血债太多,被人民政府镇压了。

四爷乘李连祥去县城逛窑子的时机，用两坛烧酒将把门儿的四个兵灌迷糊了。然后，他在马厩里找出了那六匹马，大摇大摆地出了李家寨。朱老四交给的那封信，四爷如期送到了济南。但那六匹马，却没能物归原主。那东家原本就不相信四爷能将马要回来，远远的见四爷被绑进了寨子，就心灰意冷地走了。不知是出了意外还是回了他内蒙的老家，四爷从那再也没见过他。四爷就用这六匹马做了本钱，置办了两辆体面的马车，还雇了一个伙计，当了车老板。

为了生意上的方便，四爷在车行附近租了间房子，从此住在了县城里。不久，豆腐李领着闺女豆苗儿找上门来了。自从出了那档子事儿，谨小慎微又胆小如鼠的豆腐李，总觉得像豆苗儿这么大的一个姑娘家再留在家里，太不稳妥了，想将闺女尽快嫁出去。这事儿多年以后也有了两种说法。一种说法是：豆腐李要嫁闺女的风声放出去不久，提亲的踏破了门槛，毕竟豆苗儿是村里少有的漂亮闺女。但豆苗儿死活不去相亲，逼急了，才说出实话，除了四爷，死也不嫁。无奈，豆腐李只好将闺女送到了四爷这里。另一种说法是：豆腐李要嫁闺女的风声放出去后，很长时间无人上门提亲。豆腐李就纳闷，豆苗儿可是四外两村少有的漂亮闺女，怎么会无人问津呢？他私下里找了几个要好的朋友一问，才知道闺女的清白已经毁了。四爷英雄救美的故事在周围村子里被传得绘声绘色，经好事之人添油加醋，故事中的豆苗儿已经被鬼子强奸了，四爷去的时候豆苗儿还一丝不挂地躺在炕上……事情到了这个地步，再怎么澄清也没有用了，真正相信豆苗儿清白的，就只有四爷了，他是第一个冲进豆苗儿屋里的。豆腐李为了不让闺女受不白之冤的委屈，就把小四爷十几岁的豆苗儿送到了四爷的怀里。这两种说法最后还是前一种占了上风，因为四爷不仅回村明媒正娶了豆苗儿，还在新婚之后的第二天一早，把浸着豆苗儿落红的白床单子搭在了墙头上。婚后，四爷就把豆苗儿带到县城去住了，人们虽然不了解他们的生活，但豆苗儿经常回娘家，人们从她日益滋润娇美的脸上就看出来，四爷肯定把她当闺女一样疼着。

朱老四找到了四爷的住处时，豆苗儿已经怀上了儿子天宝，身子很笨了。朱老四这次要他把五箱药品带出城。那年头儿，药品是受日本人严格控制的，私运药品，那是要坐牢杀头的。但四爷眉也没皱一下就答应了，四爷用大拇指和食指冲朱老四亮了个“八”字，你是不是这个？朱老四嘿嘿笑了。

四爷准备了整整一天的时间。五箱药品，全被他化整为零，匀进了十麻袋地瓜干里。他把这十麻袋地瓜干先装上车，上面又压了十麻袋没有掺杂药品的地瓜干。晚上，他安顿好朱老四住下，一个人出了门，到很晚才回来。

第二天一早，四爷就和朱老四赶着马车奔西城门。城门口的卡子有十几个鬼子和伪军把守，鬼子只管在两边站岗，负责盘查的是几个伪军。

四爷的车刚到城门边儿，一个伪军便上来问：车上拉的啥？

四爷赔上笑：是地瓜干，拉到乡下的酒坊里去。

伪军拿刺刀一划，把麻袋划开一道口子，白花花的地瓜干在日头下亮得耀眼。

一个斜挎着盒子炮的伪军小头目走过来，打量了一下四爷问：车上装的全是地瓜？

四爷点头哈腰地说：全是全是。

小头目斜了斜眼说：那好，把车卸了，一麻袋一麻袋地仔细检查！

四爷赶紧掏出一把票子递过去说：老总，您行个方便吧，这么一大车，得检查到啥时候呀！

那小头目用力一推四爷：这么一把不值钱的纸票票就想糊弄老子！

他这一推，四爷肩上的褡裢掉在了地上，哗啦啦一片脆响，很多亮晶晶的银元滚落到马蹄下，被马蹄踏得叮当作响。

小头目眼睛一亮，弯腰欲抢，却不料那马忽然尥起一个蹶子，险些踢在他的脑袋上。这时候，另几个伪军看见银元，也都围了过来。小头目急了，冲马屁股上猛拍了一掌：还不快滚！

四爷冲朱老四使了个眼色,朱老四一甩鞭子,马车就风一般冲出了城门。几个伪军一阵哄抢,地上的银元全进了他们的腰包。四爷苦着脸问:老总,能不能退给俺两个当路费呀?那小头目骂道:娘的,你是真傻啊还是装傻!这钱到了爷们手里还有往回退的吗?四爷边走边嘟囔道:那你们不跟土匪一样了吗。小头目哈哈大笑道:娘的,你算说准了,爷们就是土匪!

离城远了,朱老四说:可惜了,那么多大洋。

四爷笑笑:全是假的,昨天晚上用一块真大洋从“鬼市”上换来的。

后来,四爷的家就成了朱老四的秘密联络点,大量的情报都由四爷赶着马车送出去。朱老四对我说,四爷送情报从未失过手,他在马车底下凿了个小圆孔,把情报放进去后,再塞上木头塞子,用马粪一抹,即便将马车翻过来,也很难发现。不久,日本鬼子投降了,四爷家的联络点也就撤了。朱老四曾多次叹着气说:四爷是个难得的人才,如果不是我的工作调动太突然,就向组织推荐他了,日本鬼子刚刚投降,我就被调往前线了,很突然,连个告别酒都没能和四爷喝一杯。我们县城解放后,根据四爷的贡献,是满可以安排在新政府当个差的,是我耽误了他呀!朱老四每每说到这里,就会顿足捶胸,如果是喝了酒,还会老泪纵横。

解放后,四爷举家迁回了村里,分到了土地,又成了一个地地道道的农民。对于为朱老四做的那些事情,四爷只字未提。朱老四调回我们县后,才张罗着为他争取了一份政府补贴,每月从公社财所领取八元钱。而这时,四爷的生命之旅已经走到了最后的尽头。在最后的那些日子里,四爷已经不能再舞枪弄棒了。他每天仍拿着一把躺椅,面对着村口躺着。村里人都知道,他是在盼着自己的儿子。四爷的儿子天宝刚刚出世,豆苗儿就离世了,是产后中风。没有娘的天宝却非常争气,多年之后成为了本村的第一个大学生,并留学去了法国。天宝去了法国后就没再回来,几年后寄回了一张照片,上面除了他之外,还有一个卷头发的外国女人,一个洋娃娃似的小男孩。那张照片在四爷最后的生命里,成了唯一的安慰。

直到四爷去世,天宝才带着外国老婆和孩子回来了一趟。他没有见到四爷最后一面，他回来时，四爷的坟上已经长出了嫩草芽芽。是村委会组织人为四爷办的后事，丧葬费全由朱老四承担，这使四爷的后事办得很风光。两家响器班子把唢呐吹得惊天动地，吹得满天的乌云都散开了。下葬那天，送葬的队伍排了足有五里路。天宝回来后，就挨家挨户地在门口磕头，把额头都磕破了，眼睛哭肿了，没有一家人为他打开屋门。

四爷，等到我们这辈人作古了，还会有人记得你吗？

战地情节

伤员的头颅沉下去的一瞬间，敏兰感觉到自己的心也沉下去了。她怀着一线希望，拼命摇晃着伤员的双肩，一直摇到自己的两臂发酸，才绝望地停下来。这时的日头只有半竿子高了，金黄色的余晖笼罩着战后的旷野，使战场上残存的硝烟和横七竖八的尸体罩上了一环暗褐色的光边，弥漫着一层神秘、恐惧的色彩。一面支离破碎的膏药旗斜插在尸体间隙里，在风中“扑啦啦”碎响，像一个人在低低地哭泣。敏兰的目光由远及近，在鬼子的尸体上游动着。面对那些身首异处、断臂少腿的尸体，敏兰的心底涌上一股股难以言传的痛苦。

不知过了多久，敏兰才觉出不对劲儿。怎么这么静？静得没有一点声息。敏兰环顾四周，才突然意识到整个旷野上只剩她一个活人了。敏兰感觉到一阵莫名的惊恐。

这儿刚刚结束了一场战斗，日军的一个中队全军覆没，八路军的伤亡也很惨重。因战事吃紧，战斗结束后，部队匆匆打扫了一遍战场，就迅速转移了。作为卫生员的敏兰本来是走在队伍后面的，她无意中在死人堆里发现了一名重伤员，就停下来，解下药箱为他包扎，谁知刚包扎完毕，伤员却牺牲了。

敏兰登上一个高坡，极目远眺，看到正东方向有一个红点缓缓移动，她知道那是一面红旗。敏兰就跑下高坡，向正东方向奔去。

敏兰小心地在尸体之间跳跃着，鞋帮上沾满了鲜血染红的泥土。尸体姿势各异，血肉模糊，惨不忍睹。敏兰忽然害怕了，不敢再看身边的尸体，就眯起了双眼，只看路，让尸体在眼睛的余光中模模糊糊地一一闪过。忽然，敏兰一不留神踩在了一具软绵绵的尸体上，同时她听到一声凄厉的惨叫，脚下的“尸体”竟“刷”地坐了起来。敏兰全身剧烈地颤抖了一下，一股凉气从后脊梁蹿上来。敏兰想跑，可两条腿竟不听使唤了。慌乱之间，敏兰看清楚了，坐起来的是一个满脸血迹的鬼子，头上、腿上都露着血乎乎的伤口。

“畜生！”敏兰骂了一声，迅速地扫视了一下周围，想找一件对付这个鬼子的东西。但刚才打扫战场时已将武器全部捡走了，地上只有血淋淋的尸体。不过，敏兰的运气总算不坏，她看到了一块人头大小的石头。她一步就窜了过去，把石头高举过头，一步一步逼近那个鬼子。敏兰想这一下准能把鬼子的脑袋砸开花，想到这里，敏兰心里就激动起来，脸蛋儿憋得红红的，浑身是劲儿，这是她第一次一个人对付一个鬼子。鬼子拼命摇摆着两只脏手，嘴里叽里呱啦地乱叫。

敏兰稍稍顿了顿，才看清面前的鬼子是一张稚气未褪的娃娃脸，有十五六岁的样子。敏兰想鬼子虽小，但毕竟是鬼子，是鬼子就一定干过坏事，就咬了咬牙，奋力地将石头往高处举了举。但就在这时敏兰看到了小鬼子惊恐的眼神和两行清亮的泪水。敏兰的心就“忽”地一热，眼前一阵模糊，一瞬间，这张稚嫩的面孔与记忆中一张熟稔的面孔迅速重叠在一起，心灵深处那段刻骨铭心的往事又涌上心头……

两年前的一个夜晚，敏兰一家四口正吃晚饭，门外忽然传来零星的枪声，嘈杂的脚步声紧跟而至，接着门“咣啷”一声被踹开了，闯进来四五个端着枪的鬼子。鬼子们一进屋，目光就集中在敏兰优美的身段和漂亮的脸蛋上。呆了片刻，随着一声声号叫，几把刺刀各捅进敏兰爹娘、弟弟的前胸！可怜只有15岁的弟弟在倒下前用惊恐的眼睛瞥了一眼敏兰，“刷”地淌下两行泪水。敏兰被这突如其来的灾难惊呆了，雕像般站在饭桌旁一动不动。直到几个鬼子恶狼般同时向她扑过来，她才猛然惊醒过来，急转身从后门跑了出去。几个鬼子随后追出来。敏兰的屋后是一大片莲藕湾，藕叶密密麻麻地遮住了水面。敏兰想也没想就一头扎进莲藕湾里，凭着从小练就的水性潜游到离岸七八十米远的地方，才探出水面。鬼子们不敢下水，就胡乱放了几枪离开了。敏兰就这样成了无依无靠的人，无依无靠的敏兰参加了八路军，成了一名卫生员……

敏兰定了定神，又仔细看了看面前的小鬼子，心便抖起来，他多么像自己的弟弟，相仿的年龄，相仿的眼神，相仿的泪水……敏兰手中的石头砸不下去了，他还是个孩子！敏兰想，他一定也有爹娘，也许还有姐姐，他死了，他爹娘多心疼呵。他的姐姐也会像自己一样地伤心吗？那种撕心裂肺的痛苦又涌上敏兰的心头，敏兰面前的小鬼子不见了，敏兰看到的是自己的同胞弟弟，正可怜巴巴地望着她……

“通”的一声，敏兰将石头扔在了一边。敏兰甩了甩发酸的胳膊，长出了口气。小鬼子当然不明白敏兰在举石头时的诸多心思，仍然惊魂不定地望着她。敏兰就蹲下身子，问了一句连自己也感到莫名其妙的话：“你有姐姐吗？”

小鬼子迷惑地摇了摇头，他听不懂敏兰的问话。

敏兰失望地叹了口气，自言自语道：“你才这么小，为什么偏当鬼子呢？看看你弄的这些伤。”敏兰的右手不自觉地摸了一下小鬼子头上的伤口。

小鬼子听懂了般，委屈地扁了扁嘴，“哇”的一声大哭起来，泪水断了线的珠子般滚下来。

他一定是想起爹娘和姐姐了。敏兰这样想着，眼睛就禁不住也潮湿起来。敏兰便摘下肩上的药箱，拿出药棉和绷带，给小鬼子包扎起来。小鬼子的头上、腰上、腿上都伤得不轻。敏兰每动一下，小鬼子便咧着嘴叫唤两声，刚止住的眼泪又不断涌出来。

这时候，太阳已经落山了。敏兰想得赶快离开这里了，可这个小鬼子怎么办呢？把他撇在这儿他也只有死路一条，他年纪这么小，不能让他死，他爹娘和姐姐还在盼着他回家呢。敏兰便奋力将他扶起来，搀着他走。但小鬼子每走一步，腰上的伤口就动一下，疼得小鬼子不敢迈步了。敏兰转过身，示意小鬼子趴在她的背上，可小鬼子坚决不肯，冲着敏兰"叽里呱啦"说了一通话，然后慢慢坐在地上，打手势叫敏兰自己走。

敏兰为难了。敏兰想我得想办法背他走，反正不能把他一个人撂在这里。就在这个时候，敏兰听到背后有响动，就警惕地转过身。敏兰看到一个身材高大的鬼子从地上爬了起来，正狞笑着向她逼近。

这个鬼子仅受了点轻伤，一看便知这是个靠装死蒙混过关的老兵油子。敏兰紧张地游目四顾，发现那块人头大小的石头正被这个鬼子踩在脚下，地上再无其他武器。敏兰便举起药箱，狠狠砸了过去！

药箱砸在鬼子的前胸上，鬼子晃了晃，便怪叫着疯狂地扑上来，只一下，就把敏兰压在了身子下。敏兰紧咬着牙，双手拼命抓住鬼子的衣领，奋力往一边推。但身上的鬼子狗熊般沉重，敏兰的反抗毫无作用。很快，鬼子就将敏兰的衣服撕扯下来，敏兰的心一下凉到了底：完了。

敏兰绝望地闭上了眼睛。闭上眼睛的敏兰忽觉身上一轻，睁眼看时，两个鬼子已滚作一团。高个儿鬼子只几下便把身受重伤的小鬼子翻到身下。小鬼子用双臂死死抱住高个儿鬼子的腰，任凭他怎样捶打，就是不松手。高个儿鬼子穷凶极恶地咬住了小鬼子的咽喉。

小鬼子的一声惨叫，才使敏兰醒悟般惊跳起来，她双手举起那块人头大小的石头，狠狠地砸在高个儿鬼子的头顶上！

敏兰费力地将两个缠绞在一起的鬼子分开。小鬼子的喉咙已被咬断，伤口处正"汩汩"地冒着血泡，两只眼睛大睁着，仍然惊恐地望着敏兰，泪痕像两条蚯蚓似的正在他的腮上蠕动。

“虎子。”敏兰颤颤地叫了一声，泪如雨下。

“虎子”是敏兰弟弟的名字。

兄 弟 墓

鬼子一进村，大家就知道，鬼子是冲那批药品来的。

鬼子还是沿用惯用的伎俩，把村里人都赶到一片空地上，周围架上机枪，然后再挨家挨户地搜。搜了半天，什么也没搜着，鬼子的刺刀上却挑满了鸡鸭鹅等活物儿，还有伪军牵着羊、抱着猪仔，畜禽们此起彼落的叫声使沉闷的空气热闹起来。

这批药品是八路军游击队伏击鬼子的运输车弄到手的，还打死了十几个鬼子，所以，鬼子中队长伊田非常恼火。当他们接到线报，药品就藏在这个村里时，就纠集队伍疯狂地扑了过来。

伊田对付中国人的办法只有一种，就是杀人。

天气很热，蝉的叫声使人们更加烦躁。

伊田缓缓抽出了指挥刀，刀在阳光下变成了一道寒光。

伊田说：药品的，就在这个村里，不交出来，统统死啦死啦的！

伊田把指挥刀向下一劈，枪声爆响，站在人群最前面的十几个人扭曲着倒在了血泊中。

伊田把指挥刀向上一扬，枪声停了。

伊田说：药品的，能不能交出来？

人群无声。连孩子的哭声都止住了。

伊田的指挥刀作势欲劈……

慢着!

随着一声断喝,村长从人群中走了出来。

伊田笑了,露出了两个大龅牙。伊田把指挥刀压在村长细瘦的脖子上:你的,知道药品的下落?

村长冷冷地说:知道,药品就是我亲自藏的。

人群骚动起来,有人大声喊:村长,那药品是八路军伤员的命根子呀!

村长像没听见一样,两只闪着红光的眼睛紧盯着伊田的眼睛:只有我知道药品藏在哪儿,让这些无辜的村民都走,我就告诉你。

伊田缓慢而坚决地摇了摇头:你的,必须先告诉皇军药品的下落,这些人才可以活命。

村长犹豫了片刻,点了点头说:好,我可以先告诉你,药品就藏在关帝庙后面的树林里。

人群顿时乱成了一锅粥,叫骂声掩盖了蝉的鸣叫。

村长,你个汉奸!

王八蛋!老子早晚杀了你……

不得好死……

村长的脸剧烈地抽搐了一下,眼里有泪花在阳光下反射着两粒白光。

伊田将指挥刀插入鞘内,向后挥了挥手。

机枪手都撤了下来,包围圈取消了。

人们四散而逃,有两块碎砖头不知从哪儿飞过来,一块砸在村长的脸上,另一块砸在村长的胸上。

伊田同情地拍了拍他的肩头:你的,带皇军去取药品,皇军的,重重地赏你。

村长走在队伍的前面,后面是荷枪实弹的鬼子。

村长走得很慢,边走边回头向村庄张望。伊田有些不耐烦了,接连推了他几把:你的,快快的……

从村里到关帝庙，也就二里路，村长却走了大约半个时辰。

村长带鬼子刚走到关帝庙前，从庙后的林子里飞出了一颗子弹，正击中村长的前额，村长一声不吭地倒了下去。

鬼子的军医赶紧跑过来，摸了摸村长的胸口，又探了探他的鼻息，冲伊田摇了摇头。

伊田恼怒地拔出指挥刀，向小树林一挥！

机枪、步枪、冲锋枪一起向小树林狂扫，树林里变成了一片火海。

伊田在小树林里一无所获，又带领鬼子们赶回村庄时，发现村子里已经空无一人。

伊田垂头丧气地收兵回城，半路上，却遭到了伏击，100多个鬼子，全军覆没。

这次伏击是八路军鲁北支队的一个连和县大队联合干的，战斗结束后，县大队的张政委就命令调查一件事：谁开枪打死了村长？

事情很快查清楚了，是县大队有名的“神枪手”鲁怀山开的枪，当时，他带着几个游击队员就埋伏在村口，本是想伺机营救全村的乡亲的，却因人手少，一直没法下手，就一边差人找县大队汇报，一边继续监视鬼子。没想到，后来村长叛变，竟然带鬼子来关帝庙取药品，他就在暗处打了一枪。

张政委一拍大腿：嘿！这个鲁怀山，真是太莽撞了！那树林里根本就没有药品，药品在村长家的地窖里呢。

但组织上并没有追究鲁怀山，因为情况已经非常清楚，村长是想引开鬼子，让乡亲们免遭鬼子的杀害，等鬼子发现上了当，村长最终难逃一死。而鲁怀山以为村长已经叛变，在那种特殊情况下，实在没有办法也来不及向上级请示，在原则上讲也没有错误。

但是，鲁怀山最终还是知道了事情的真相，当天，他就用那条令鬼子闻风丧胆的“神枪”自杀了。人们在他那枪的枪柄上，发现了他刻下的一行歪歪扭扭的字：枪，是不可以随便开的。

张政委知道了后，半晌无言。

在张政委的主持下，县大队将村长和鲁怀山合葬在了一起，并在坟前立了一块石碑，上面刻着三个大字：兄弟墓。

埋葬了两人后，张政委才眼含热泪对同志们说：大家可能还不知道吧，村长是我的亲生父亲，而鲁怀山同志，是我父亲的结义兄弟呀！

1937年的生日礼物

陈子祥思考了整整一个下午，最终还是决心将这把紫砂壶作为生日礼物送给山木先生。他有些舍不得，这把壶虽不是太昂贵，毕竟是家传的一件玩意儿，几百年了。可家里实在是拿不出一件像样子的东西来送礼了。

山木是一个日本商人，经营布匹的。在这个镇子上，他和陈子祥已经做了五年的邻居。山木在中国已经待了十几年，汉语说得非常流利。他性情温和，除了具备一般日本人礼数较多的特点之外，说话的声音还特别小，语速也较慢，像怕吓着谁似的。山木嗜茶，而陈子祥就是开茶叶铺子的，他是南方人，老家的房前屋后都是茶树，自幼耳濡目染，极精于茶道。在午后生意清闲的时间里，山木就趿着木屐慢腾腾地进了陈子祥的铺子，一边品茶，一边听陈子祥讲茶道。山木听得极为虔诚，坐久了，他站起来伸伸懒腰，或在条几上拿起陈子祥那把祖传的紫砂壶，细细地把玩。壶是宜兴壶，通体都是手工雕刻的，龙飞凤舞，刀工极为细腻，几百年传下来，壶体已经被把玩者抚摸得圆滑润泽。

两人就这么不咸不淡地交往了五年。陈子祥对山木心存感激，还是两个月前的一件事情。陈子祥 40 岁上才有了一个儿子,老来得子,自然视若掌上明珠。孩子长到 8 岁上,耐不得铺子里的寂寞,经常偷偷跑到镇子外边的山脚下玩。不想这一天,竟然被土匪绑了票,索要 3000 个大洋,三天备齐,否则撕票。陈子祥恰好刚刚进了货,压了不少本钱,他倾其所有,又借遍了亲朋好友,离规定日期只有一天的时候,也只凑足了 2000 个大洋。那伙土匪极其凶残,时辰一到就会撕票,绝不通融。去年,永盛当铺的孙老板因为晚送了两个时辰,儿子被吊死在山崖下不说,连去送钱的伙计也被打死了,孙老板最后落了个人财两空。陈子祥把能想的办法都想了,却是一块大洋也筹不到了。随着时间的逼近,他简直要疯了的时候,山木提着一只鼓囊囊的钱袋慢腾腾地踱了进来。陈子祥和山木,只是泛泛之交,他也从没想到过要与这个日本人深交,特别是日本人占领了东三省后,他更是对这个东瀛人多了几分警惕和疏远。也就是说,他们的交情还到不了拆借大洋的地步,尤其是这么大的一笔钱,所以陈子祥压根没有考虑过向山木告借。救子心切的陈子祥,看到山木倒出来的一大堆白花花的大洋,一瞬间竟然泪如雨下。

山木拍了拍他的肩膀,只说了四个字:救人要快。

孩子赎回来后,陈子祥和山木的关系逐渐亲密起来。

这天中午,陈子祥一家正在吃饭,山木就来叩门。这一天山木破例没有趿着木屐,而是穿了一双圆口布鞋,衣服也整齐了许多。山木一进门就深深地鞠了一躬:陈桑,晚上请到我家里作客,我的,请你吃饭。陈子祥一愣,两人交往五年多了,还没有互相请过吃饭。就随口问道:您请客?还有谁?山木摇了摇头说:没有谁了,今天我过生日,请您务必赏光。

送件什么礼物好呢?整整一个下午,陈子祥费尽了心思。山木是他们家的大恩人,又仅请了自个儿一个客人,礼物太轻了是拿不出手的。而太贵重的东西,陈子祥也拿不出。自从儿子被赎回来后,茶叶铺每天的进账除留少部分维持一家人的用度之外,全部用来还了债,至今还欠着山木 500 个大洋。以前殷实的小康之家被土匪这一票折腾得捉襟见肘。最终,陈子祥把目光留在了那把祖传的紫砂壶上。陈子祥早就看出,山木非常喜欢这把壶,一有空闲，就爱不释手地把玩不已。

傍晚时分，陈子祥提着装了那把紫砂壶的精致木盒，叩响了山木家的大门。

开门的是山木的妻子，一个叫樱子的秀气女人。樱子将陈子祥迎入客厅后，歉意地鞠了一躬说：对不起，今天、今天的生日……不过了。

陈子祥将礼品放在茶几上，诧异地问：为什么，山木先生和我约好了的。

樱子迟疑了一下说：我们家里来了客人。

来了客人就不过生日了？陈子祥更加不解了。他正想告辞，忽然听到内室有激烈的争吵声，是日语，他听不懂。

陈子祥正惊疑间，内室传来一声响亮的耳光，同时传来山木的一声怒叱：八嘎！

随后门开了，一个身穿日本军服、腰挎军刀的青年捂着半边脸从屋里窜了出来。他狠狠瞪了一眼站在门口的陈子祥，一把将他推到一边，夺门而去。

樱子不知所措地又对陈子祥深鞠了一躬说：对不起，我的儿子，他不懂礼貌。

山木也从内室追了出来，他那平日里温和的面孔已经被愤怒扭曲得无比狰狞，看见陈子祥，他忽然泪流满面地嚎哭道：畜生！这些畜生呀！

陈子祥不知发生了什么事情，上前想握住他的手安慰一下，不想山木坚决地后退了一步，沙哑着嗓子说：陈桑，我们做不成朋友了，我儿子做了对不起你们的事情。说罢，他连连地后退、鞠躬，退一步鞠一个躬，大滴大滴的眼泪啪啪有声地落到木地板上。一直退到内室，山木将门“砰”的一声关上了。

陈子祥在樱子歉意的目光中走出了山木的家门。

陈子祥一夜未眠，第二天一早，他打开大门，一只精致的木头盒子滚到了脚下，正是昨天他送给山木先生的生日礼物。陈子祥忽然有一种不好的感觉，他几步跑到山木的门前，大门已经上了锁。透过门缝，他看到山木家的屋门大开着，室内已经空空如也。

山木一家不声不响地搬走了。陈子祥除了疑惑、不解之外，还怀着一份深深的歉疚，并为自己准备送给山木那把壶时的犹豫感到羞愧。他至今还欠着人家500块大洋呢。

两天后，镇子上来了一大批难民，他们给这个宁静的镇子带来了慌乱的同时，还带来了南京大屠杀的噩耗。

寻　梦

近了。

更近了。这个魂牵梦萦了几十载的小村。

夕阳缓缓西坠，绚丽多姿的晚霞映红西方一片天空。绿树环抱中的小村上空炊烟袅袅，弥漫着一层古朴而神秘的色彩，使他虔诚的心绪更加深沉和凝重。几十年来，这个小村的轮廓时常漫步他午夜的梦乡，把他带回那个艰难的岁月，那个流淌着他青春热血的年代。

曲曲折折的小路在他富有节奏的脚步下发出声声哀叹，每一声都重重地敲击着他的情感。微风似曾相识地迎上来，亲吻着他两鬓的银丝。几声犬吠遥遥地传进耳鼓，蓦然触动了他的情怀，时光于突然之间倒流，记忆深处的情节纷纷复活……

那是整个华夏民族处于水深火热的年代，战争的乌云布满了整个天空。

一天深夜，年仅20岁的他，肩负着一项神圣的使命，孤身潜入到鲁北平原的这座小城中。

灾难的降临产生于瞬间却是早有预谋。由于叛徒的出卖，他刚刚到达组织上指定的联络地点，就被守候多日的特务发现。他凭借着敏捷的身手和出神的枪法，在一片枪声和追杀声中翻墙逃到城外。

城门大开，鬼子和特务们号叫着追出城来，子弹划破黑暗的夜空，在他头顶上呼啸而过。他弓下身子，拼命地跑呵、跑呵……突然，他觉得左肩被人重重地推了一把，随即整条左臂麻木了。他明白自己中了弹，紧咬了咬牙关，继续向夜的深处奔跑。

正值 9 月，田野一片空旷，无处藏身，他就一头撞进这个小村子里。

村内狗叫连天，村外枪声大作。他对周围的环境做了迅速的判断后，就潜进一条小巷，翻进一户人家的院内。

随着“汪汪”的犬吠，一条黑乎乎的家犬迎面扑来。正当他左躲右闪与狗周旋之际，屋门“叭”的一声打开了，随着听见一个清脆的声音喝道：“黑子”，过来！狗便停止了叫声，乖乖地跑到主人的面前。

借着微弱的星光，他看到主人竟是一位年轻的村姑，当即决定离开这里。他刚转过身，就听见胡同口传来了杂乱的脚步声。他停住脚步，一时间进退两难，无所适从。

危急关头，那位村姑紧跑几步过来，一把抓住他的右臂，将他拉进屋内，反手插上了门。

屋子里空空荡荡，只有一张矮桌子，一个锅头，一个土炕。他轻声问：“家里就你一个人？”村姑点点头，示意他上炕。他正犹豫不决，院外传来几声恶狼般的号叫：“开门！快开门！”

他匆匆脱鞋上了炕，村姑把一床被子盖在他的身上，随即一口将灯吹灭。

“咣当”一声巨响，大门被撞开了，一排急促的脚步声闯进院内。院内的狗狂叫了两声，就被一声枪响打哑了。

黑暗中，他听到一阵细微的响声，随即感觉到一个软绵绵的身子偎到怀中，一种他从未体验过的女人气息将他紧紧笼罩，他不由得吃了一惊。

这时，屋门被撞开了，“呼啦啦”闯进几个端着刺刀的日本宪兵。几道雪亮的电光围着空荡荡的屋子转了一圈后，都集中在炕上。她惊呼了一声，抱着他瑟瑟发抖。她已在黑暗中脱去了上衣，露出半截光洁的臂膀。

几个鬼子互相交换了一下眼光，认定他们是一对夫妻，叫着："开路开路！那边的搜！"乱糟糟地滚了出去。

她依旧一动不动地偎依着他。直到村内的砸门声、狗叫声全部消失，小村重新归于寂静，她才下了炕。

屋子里亮起来，他强忍着肩头的伤痛，艰难地下了炕，准备道声谢就离开这里。

"血。"她发现了他肩头上的伤，连忙从炕角取了点布条，给他包扎。

"大姐，你为什么要救我呢？你知道我是什么人吗？"他问。

"不知道。俺只知道，鬼子要捉的人都是为穷人打天下的好人。俺家里的人都是让鬼子害死的……"她哽咽起来。

在她的极力挽留下，他决定养好伤再走。

从此，她把全部的心思都用在他的伤口上。为使他早日康复，她把预备过冬的粮食全拿出来，变着花样做给他吃。每隔几天，她进一趟城，用东凑西借弄来的钱给他抓药。

一天清晨，她正给他换药。他意外地发现她的左臂好像不灵便，且有一部分高高鼓起。"姐，你的胳膊怎么了？"他问。

"没、没什么。"她神色很不自然。他猛然抓过她的左手，捋起了她的上臂。呀！他吃了一惊。她浑圆红润的上臂上缠了一圈绷带，浸渍着斑斑血迹。

"姐？你的胳膊怎么了？"他紧盯着她那双清澈的大眼睛问。

起初，她不肯说。他就拒绝吃饭，拒绝吃药，她只得如实说了。

原来，最近城内的鬼子对全城的各家药铺都下了通告，对伤药进行了严格控制。伤者必须自己到药铺验伤，才卖给药。她万般无奈，只得用菜刀……

当时，他这条在鬼子的刺刀下都没有眨过眼的鲁北汉子，无声地哭了。他肩上的伤药，是眼前这位20岁刚出头的农村少女用她青春的血换来的啊！

一个月后的一天黄昏，他和她站在村头的一棵老白杨树下，相对无语。

良久,他转过身说:“姐,我——走了。”

她忽然流了泪,拉住他的手说:“你以后还会回来吗?”

他强忍着泪水,握紧她的手说:“姐,你放心吧,我一辈子忘不了你,等赶走了小日本,我就来看你。”

她晃了晃他的手说:“你可一定来呀,俺在这儿等你。”

他重重点了一下头,毅然放开她的手,踏上了征途。

他走出很远以后,缓缓转过身。一刹时他心潮起伏,泪流满面。

金色的黄昏里,一个娇小的身影在冲他挥手。

从那时起,这个小村就贮存在他的情感里了。

此后,他随军南征北战,出生入死,却时时刻刻地思念着这个小村,思念着她。她是那样的勤劳善良,那样的机智勇敢。那段日子里,她把女性的关怀和温柔都无私地覆盖在他的身上,无数次地激励着他的斗志,净化着他的灵魂。

小鬼子投降了,他却随军南下,投身到轰轰烈烈的解放战争中。

他没有能实践自己的诺言。但他相信她会原谅他的。他想给她写信,却猛然醒悟,自己还不知她的芳名。为此,他曾一度茫然,只有把深深的相思和遥遥的祝福寄托给蓝天悠悠飘动的白云。

全国解放了,他以为可以去找她了。但一纸军令把他推到了远离那个小村数千里的边疆。他当了干部,从此,日益繁忙的工作迫使他无数次地放弃收拾好的行囊。

每当夜深人静,他便孤独地伫立窗前,默默遥视着浩瀚的夜空。他想,她此刻也正站在院子里,把茫茫夜空中的某一颗星星当作他,倾诉着艰辛、倾诉着离别、倾诉着惆怅……

每当他独自漫步在一望无垠的草原上,便感觉到自己已步入梦中的小村,她正站在村头的那棵白杨树下,手打凉棚向远方眺望。

他终于有了自己的时间,踏上了接近小村的旅途。可这时,岁月的年轮已无情地向前推动了50多年。

旭日东升，朝霞笼罩中的小村已丝毫没有了旧时的痕迹。前后50年，恍如隔世。

他漫步在村外荒草覆盖的小路上，两只失神的眼睛向前方极力寻觅着。

两棵葱郁的小松树下，肃然矗立着一座坟丘。他紧走几步来到坟前，默默呆立着，老泪纵横。

他来晚了，她两年前就离开了这个世界。昨天晚上，陪他同床度夜的年轻村支书给他讲了一夜她的故事。

他和她分手不久，她就加入到抗日救国的行列中，做了一名地下交通员。凭着她的聪明才智，多次出色地完成党交给的任务。不久，她就在党旗下举起了右臂。

当伟大领袖毛泽东同志在天安门城楼上向全世界宣布“中国人民从此站起来了”的时候，她担任了村里的支部书记。

她一直过着独身生活。党组织对她十分关心，多次劝她成家，都被她婉言谢绝了。很多人发现，她常在村头的一棵老白杨树下站着，向远方眺望，像是等一个人。

当改革开放的春风吹遍千家万户的时候，她忙碌起来。为使小村摆脱贫困，她带病四处奔波，取经、贷款、请人，使这个不足百户的小村接连办起了两个小型加工厂。她却连累加病，一卧不起……

他望着村内一排排崭新的瓦房和村子上空竖立的各式电视天线，沉重的心绪蓦然轻松了许多。虽然他没有看到她，但却看到了她的心血、她的成绩。她去了，但她的英魂还在，也许，此刻她正站在天空中向他微笑，或者用她50年前的那种清脆的声音说，弟，你终于来了，他痴痴地凝视着明朗的天空，一只苍鹰正急劲地飞翔！

第　二　辑

传　奇　篇

草原历险 / 从良 / 涵墨傲骨 / 绝药 / 宽恕 /
暮色苍茫 / 世仇 / 私仇 / 土匪 / 战地情节 / 英雄之死

草原历险

一个雨后的晚上，我想乘着天气凉爽干点事，写完那篇已经写了一个多月的中篇小说，就在自己的书房里打开了电脑。刚刚进入状态，门一响，我的邻居浩明走了进来。我惊异地问："你不是去内蒙古探亲了吗？怎么这么快就回来了？"浩明坐在我旁边的沙发上，带着一脸的疲倦说："甭提了，差点儿把命搭在那儿。"我问："怎么了？"浩明却把手伸向我说："给我一根烟，我给你提供一个写小说的好素材。"一听说有好素材，我立即来了精神，当即给他拿来了一盒"红塔山"香烟。

以下便是浩明那天晚上给我讲的亲身经历——

我的妻子是蒙古人，家在内蒙古自治区西部。自从我们结了婚，她还没有回过一次家。所以，前几天，我俩商量了一下，带着5岁的儿子小宝去了内蒙。

我妻子的父母已经过世，娘家就只剩下哥哥一家了。我们到了那儿后，哥哥、嫂子对我们都十分热情，陪我们玩了好几天。后来我想，来一次大草原不容易，这一辈子还不知能不能来第二趟，就提出到远离村庄的大草原上玩一天。哥嫂都答应了陪我们去。谁知，到了那一天，哥哥却得了重感冒，躺在床上起不来了。这一下，嫂子要留下来照顾哥哥，两口子就都去不了啦。我当时觉得挺扫兴，就闷闷不乐的。妻子看透了我的心，就笑着对我说："我是从小在这儿长大的，论熟悉地形，我一点儿也不比哥哥差，我们一块儿去不一样吗？”我顿时转忧为喜。于是，我用哥哥的两轮摩托车带着妻子和儿子就出发了。为了预防意外，我们除了拿够了干粮和饮料外，还带了一支双管猎枪。临行前，小宝有点儿恐惧地问：“爸爸，草原上有狼吗？”妻子摸了摸儿子的头说：“放心吧儿子，狼白天是不敢出来的。”

我骑的那辆两轮摩托车是“奔驰”350，这种车很笨重，耗油量、噪音都很大，在国内已经很少见了。但在草原上，这种车却如鱼得水，跑起来又快又稳。我将车速放到60迈上，在草原上跑了大约四五十公里，就在一个人迹罕至的地方停了下来。开始时，我们玩得很痛快，也很顺利。我们对着一望无垠的大草原大喊大叫，儿子在草地上打滚、翻跟头。喔，对了，我还打到了两只又肥又大的灰兔子。但到了下午，麻烦事就开始一件一件地发生了。

先是车发动不着了。我从中午一直蹬到日头偏西也没有蹬着火。后来我的腿酸得实在是蹬不动了，妻子又帮我蹬了一阵，仍然没有动静。我考虑到可能是过油太多，淹了“火花塞”，就打算把“火花塞”卸下来烧烧，同时往外喷一下缸体内的油。没想到，车上竟然没有带着套管。我利用一把钳子很费力地将“火花塞”拧下来时，日头已经快落山了。正这时，儿子小宝突然对我说：“爸爸，大狼狗。”我顺着他的小手指的方向一看，当即吓了一大跳，在离我们不远的地方，站着两只半人高的大灰狼，正心怀叵测地盯着我们一家。我赶紧拿起猎枪，将子弹推上了膛。妻子也迅速地把小宝抱起来，躲在了我的身后。我们与狼对峙了大约有10分钟的时间，妻子轻声说：“快开枪吧，天黑了就麻烦了。”我一想也是，如果天黑下来，狼会越聚越多，我们就走不了了。于是，我端枪瞄准了其中一只狼的脑袋，扣动了扳机。“乒”的一声枪响，中弹的那只狼跳了一下，发出一声凄厉的惨叫，然后不顾一切地朝我扑了过来！我迎头又给了它一枪，它立即仆倒在草地上，一动也不动了。我又将枪对准了另一只狼，对妻子说：“快从挎包里拿出子弹来！”妻子手忙脚乱地找子弹的时候，那只幸存的狼仰天哀叫了几声，掉转过身向草原的深处跑去！

我顾不得去看那只死狼，抓紧时间将火花塞在打火机上烧了一下，又喷出了缸体内的存油，终于将车发动了起来。接下来，我们开始收拾散落在草地上的东西，把它们全部绑在了摩托车的侧面。一切收拾停当之后，我催妻子和儿子赶快上车，天已擦黑了，我隐隐约约地感觉到了一种危险。果然，我刚挂上挡，就听到前方传来了一阵类似于擂鼓的声音，鼓点还挺密。我的内心一阵紧张，手忙脚乱地掉转过车头。妻子也听到了那种声音，一边将儿子抱上车，一边说："不好！可能是狼群，赶快跑！"说完，当即跃上了车！我加大油门，迅速挂上了四档，摩托车像一阵风般跑了起来，时速表上的指针迅速上升，一会儿便指在了80迈上。我们奔跑的方向恰好是和回村的方向背道而驰，如果想在甩开狼群的同时转成回村的方向，就必须兜着圈子跑。兜小圈还不行，小圈容易让狼抄了近道，必须兜大圈子，让狼不知不觉地跟着转圈子。这些常识都是这几天哥哥嫂子在闲谈时说给我的，没想到真的用上了。还有一点没想到的是，我由于地理不熟，再加上慌张，兜来兜去，竟把自己也兜糊涂了，辨不清回村的方向了。我只好降低了车速，询问背后的妻子。妻子却说："刚才你开得那么快，吓得我闭上了眼，现在连我也不清楚是到了哪里了。"我一听心里有些发毛，但我还不能让妻子看出来，以免她更害怕，就嘱咐她抱紧儿子，然后又提高了车速。刚才一减速，已甩远了的狼群又赶了上来，那种擂鼓似的声音越来越近了。我加大了油门，打开车灯，继续向前开去。我想：眼下当务之急是甩开狼群，跑到哪里算哪里吧。

后来，意想不到的事情发生了，我们的面前出现了一条水流湍急的大河。我沿着河岸跑了一阵，不但没有找到桥，还觉得不大对劲儿。这时，妻子突然辨清了方向，大叫道："赶快停！"我停下车问道："怎么了？"她着急地说："这儿是一个河汊，三面都是河，你越跑离狼就越近了。"我的头"嗡"地大了一圈，心想：这一下可完了，让狼堵在河汊里，只有死路一条了。这时候，小宝突然拽了一下我的衣服说："爸爸，我怕。"妻子一把将儿子抱在怀里，忍不住抽泣起来。看着她娘儿俩绝望地抱在一起的惨状，我心急如焚。人都说"急中生智"，我看这句话不假，我一着急，竟然生出一个大胆的设想:如果我冲着狼群迎上去,从狼群中冲过去,把狼引开,我的妻儿不就安全了吗?我把这个想法对妻子一说,妻子放下儿子,一把抱住我说:“不行!咱们死也要死在一起。”我挣脱开她说:“为了咱们的儿子,你就别耍小性子了,待一会儿狼群逼近了,就晚了。”说完,我把猎枪摘下来递给她,就发动着了摩托车。儿子突然过来抱住我的腿哭道:“爸爸,我不让你走。”我心一酸,弯腰将他抱起来,在他的小脸蛋上亲了亲说:“乖儿子,爸爸走了后要听妈妈的话,不要出声,听到了吗?”儿子哭着“嗯”了一声。这时,狼群的声音越来越近了,已听到了它们擂鼓似的奔跑声。我赶紧把儿子递给妻子说:“赶快找个安全的地方躲起来!”说完,就挂上挡,向狼群追来的方向冲去!

为了防止穿越狼群时被狼从车上扯下去,我将油门放到了底,时速达到了 100 迈。为了威慑狼群,我打开了远光灯,雪亮的灯光使我的胆子逐渐大了起来。离狼群越来越近了,已经看到了它们黑黝黝的影子。当我离狼群大约还有四五十米时,狼们在强烈的灯光照射下,突然停了下来,上百只眼睛在灯光的映照下反射着蓝幽幽的光,都恶狠狠地看着我。我只觉得头皮发麻,全身的汗毛都竖了起来。我原先以为狼们见了灯光会躲在一边,等我过去后再追呢,没想到我又一次失算了。情急之下,我按下了车上的喇叭,由于车速快,电力足,喇叭的声音又大又浑厚,同时,我歇底斯里般大吼了一声:“啊——”这一手还真把狼吓住了,它们纷纷跳到两边,为我让开了路。一瞬间,我便穿过了狼群。正如我所预料的那样,狼们又转过身来,向我追了过来。我有意识地放慢了车速,以免落得狼群太远了,万一它们放弃了我,将对我的妻儿不利。又跑了大约有三四十公里,车在奔驰中却逐渐慢了下来,加油门也无济于事。我明白,这是油箱里没有油了。我摘下挡,让车借助惯性又滑行了大约一公里,才无可奈何地停下来。当时,我真的心灰意冷了,以为这一下死定了。狼群的声音越来越近,我从工具箱里拿出一把长螺丝刀,准备和狼作最后的搏斗。后来我又想到,狼最怕火光,只要点燃一堆火,它们就不敢靠前了。可是,周围连棵树也没有,到哪儿找柴禾呢?我围着车找了一圈,什么也没有找到。最后,我想到了那辆“奔驰”350车,就拧开机油盖子,用油尺蘸出机油,淋在车身上。为了防止油箱在燃烧中爆炸,我提前打开了油箱的盖子。做完这些后,狼群离我只有百十米远了,我都看到了黑暗中它们那绿幽幽的眼睛。我迅速地用防风打火机打着了火,点燃了摩托车。火“嘭”的一声着了起来,周围的草地顿时亮了。这时候,狼群也已来到了眼前。它们很有组织地将我和燃烧的摩托车围了起来,然后都坐在了地上,静静地望着我。我想:这是一群很有经验的狼,它们在等火熄灭了后再慢慢地收拾我。我能做到的只是攥紧螺丝刀,与群狼对峙着。这时候我已不再觉得害怕,脑子里想的只是我的妻子和儿子,她们是否脱离了危险?

你要知道,在这种情况下,如果没有奇迹发生的话,人生还的希望几乎是零。笨重的“奔驰”摩托车已烧成了一堆废铁,火渐渐地暗了下来,随着火光的暗淡,狼群的包围圈越来越小了,我甚至都感觉到了它们喘息的腥臭气。我脱下上衣,扔进了火中,片刻之后,火又重新旺了起来,狼们又往后退了退。我想,只要有一线生还的希望,我也不能放弃。我将衣服一件一件地脱下来,陆续扔进了火中,又维持了半个小时。最终,火还是灭了。狼们渐渐聚拢到我的周围。这时,月亮出来了,清幽幽的月光下,一只只的狼像一个个的幽灵,在我的身边荡来荡去。终于,一只体态健壮的狼首先向我发起了进攻!它将身子灵巧地一纵,无声地向我扑了过来!我攒足了劲,用螺丝刀迎着它的脑袋刺了过去!这只狼一声惨叫,靠近我的几只狼同时往后退了几步。受伤的那只狼冲我龇了龇雪白的牙,嗥叫一声又疯狂地冲我扑了过来!我往旁边一闪身,这只狼恰好扑在了刚刚熄灭的火堆上,烫得“嗷”地惨叫了一声,狼狈地跑回到狼群中。我知道,最后的时刻来到了,狼经过了一番试探后,不会再一只一只地上了,它们很快就会群起而攻之,将我吃得只剩下一堆白骨。正在这时,在我的身后忽然传来了一片汽车的马达声,紧接着,数道光柱冲这边扫了过来!我还没弄清是怎么回事,“乒乒”几声枪响,我身边的几只狼应声栽倒。狼群一阵骚动后,转瞬间就跑得无影无踪了。几辆越野吉普车停在我的面前，从最前面的一辆车上下来了两名全副武装的武警战士。接着，我的妻子和儿子也从车上下来了。儿子在车灯的照射下认出了我，欢叫着“爸爸”扑到了我的怀中。我又惊又喜，将儿子紧紧抱在怀里，泪水不由得顺颊而下。

上了车后我才知道，哥哥见我们天黑了还没回去，知道是遇到了麻烦，就报告了乡派出所。派出所人员有限，就与当地的驻军取得了联系，出动了一个连的武警出来寻找。他们先在河汊里找到了我的妻子和儿子，又循着火光找到了我。这时候，车上的一名军官拿起对讲机，先对他们的领导汇报了情况，又通知和他们一块出来的其他几个组的战友，告诉他们人已经找到了，可以回营了。你知道，咱这人本来是挺坚强的，面对几百只狼也没掉一颗眼泪，可当时，我的泪水就不断线地流了出来……真险哪！事后，我还想，如果我不点燃摩托车维持那段时间，我早就喂了狼了。看来，人在什么时候也不能绝望，只要有一点希望，也不能随随便便地放弃，否则，就会吃大亏……

浩明的故事讲完了，我陷入到了深思之中，竟不知他什么时候已经悄悄地走了。

从　良

一大早，古城镇最大的妓院“来香楼”就热闹了起来，就连门口那棵老榆树上的喜鹊也一刻不停地欢叫着，在树枝间跳来跃去。这妓院本是夜间做生意，早晨一般是很冷清的，姑娘们晚上都睡得很晚，上午又没有生意，所以她们一般不到中午不露面儿，躺在春床上养精蓄锐。至于那些有客人留宿的姑娘，更是良宵苦短，沉睡难醒。

但今天就不同了。她们这里最红的姑娘柳叶儿要出嫁从良了。这里虽是娼门，但娼门也有娼门的规矩。这里的姑娘被人赎了身从良时，老鸨也是要像娘家打发闺女一般做做样子的，老鸨还要装模作样地掉几滴眼泪的。有些正红着的姑娘从良时，老鸨是真的心疼，但她疼的是将要流失的白花花的银子。有什么办法呢，凡是为姑娘赎身的都是有钱的主儿，一次性地扔下一大堆银子，老鸨明知不如留着姑娘接客积攒得多，但谁会眼瞅着眼前白花花的银子断然拒绝呢？

今天要从良的柳叶儿，10 岁起被卖入娼门，于琴棋书画中浸淫了多年，时下刚刚年方 20，才艺俱佳，正是大红大紫的时候。有两个男人同时看上了她，要出重金为她赎身。老鸨初时不肯，她想让柳叶儿再给她挣上两年银子，然后再卖个好价钱。但柳叶儿这姑娘性子十分刚烈，一气之下不再接客了，老鸨要强逼，她就跳楼寻短见，弄得老鸨没了法子，只好答应了她，却将她的身价又抬高了几倍，由以前的 3000 两银子涨到了 10000 两。两个想赎她的人，让她自己选。谁都以为，柳叶儿一定选南方的那位茶商陈先生，陈先生不但有钱，而且生得白白净净，谈吐温文尔雅，很有风度。但柳叶儿没有将爱情的绣球抛给他，而是选定了贩卖牲口的山东汉子金玉元。

事情定下来后，金玉元却迟迟未来交赎金领人。局内人都明白，老鸨价钱要得太高了，金玉元一个牲口贩子短时间内很难筹齐这笔银子。但柳叶儿一天不走，妓院就一天不得消停，很多嫖客来了就点柳叶儿，柳叶儿不接客，嫖客就大吵大闹，整天有人摔盘子砸桌子。老鸨一看这生意没法做了，就给柳叶儿定了个期限，到了期限金玉元再送不来银子，她要么跟陈先生走，要么接客。柳叶儿无奈之下，只得拿出多年积累的金银首饰、珠宝玉器，兑换了 5000 两银子，悄悄交给了金玉元，这才凑够了她的赎身费。金玉元把钱拿走后，柳叶儿的姐妹们都替她捏着一把汗，这可是她被卖入娼门近十年来所有的血汗钱哪，这一旦有失，还不要了她的命？但柳叶儿心里有数，她相信金玉元绝不是个负心薄幸的人。

几天前，金玉元就和老鸨定下了为柳叶儿赎身的日子，还当着"来香楼"所有姑娘的面承诺：要按明媒正娶的规矩办，用八抬大轿来迎娶，要让柳叶儿风风光光地出门。这不光让柳叶儿幸福无比，也让所有的姑娘们看到了光明。

这天一大早，姑娘们就忙着给柳叶儿梳妆打扮，同时也把自个儿梳理得光光鲜鲜的，就连老鸨也打扮得比平时年轻了几岁，"来香楼"上下，真的是把嫁闺女的气氛渲染得无比热烈。

白光光的日头已经照满了乾坤，还没见金玉元的影子。姑娘们开始"叽叽喳喳"地乱猜测：是不是路上耽搁了？别是不来了吧！

柳叶儿一点儿也不惊慌，她想这么大的一桩事儿，金玉元怎么也得好好准备准备吧。

有沉不住气的姑娘开始跑出去，顶着日头到路口那儿张望。

天气越来越热了，没有一丝儿风。姑娘们怕被晒黑了，都用手中的芭蕉扇遮在头上。一群人等着盼着，熬着煎着，一直等到中午，也没见到金玉元的影子。最后连柳叶儿也沉不住气了，她也跑到路口等待、观望，后来身子一软，就晕倒了。

金玉元携了柳叶儿的钱跑了。这已是一个不争的事实。

柳叶儿醒来时，就见床头上坐着茶商陈先生。柳叶儿哭了：陈先生，柳叶儿没脸活了，也负了您的一片心意。

陈先生像长者对待自己的孩子一样，轻轻抚了抚柳叶儿的额头说：出了这样的事儿，你再在这个地方待下去也不可能了，如果不嫌弃的话，我愿把你接走，照顾你一生一世。

事情到了这个份儿上，柳叶儿还有什么话说？当天傍晚，她就随陈先生坐上了一条通往江南的客船，去了杭州。

陈先生的院子好大，这是柳叶儿自出生以来见过的最气派的宅子。后院还有一个大花园，亭台楼阁，花草鱼池，十分雅致和讲究。进陈府的第一天，柳叶儿就知道了，陈先生家里已经有了三房太太，而且都不像是省油的灯。住了几天，当她们打听到柳叶儿的出身后，更是对她轻视了几分。偏偏陈先生还就宠着柳叶儿，这让那三个女人又嫉又恨又无可奈何。

这年秋天，陈先生去北方催收货款，这一走就是一个多月没信儿。柳叶儿担心他的安危，便带着一个贴身丫头到后山的娘娘庙里给陈先生烧香许愿。

柳叶儿回家时，日头已经快下山了，路上行人稀少。她和那个丫头匆匆地出了庙门，抄近路往山下奔去。当她们穿过一片小树林时，被三个黑布蒙面、手持钢刀的大汉拦下了。

柳叶儿到底是见过些世面的，虽然害怕，并没显出多么惊慌。她解下腰里的荷包、摘下脖子上的纯金项链和耳朵上的翡翠玉坠儿，对三个大汉说：三位大哥无非是手头儿紧了，我带的只有这些值钱的东西了，全部给你们，求你们放我二人一条生路吧！那个小丫头接过柳叶儿手里的东西，双手捧着，战战兢兢地走到三个大汉的面前。

为首的一个大汉面无表情地劈出一刀！小丫头哼都没哼一声就倒下了！

柳叶儿知道坏了！这些强人并不是冲财物来的，她隐隐约约地也感觉出了什么，就稳住心神儿问：三位大哥，小女子与你们并无怨仇，就是死，也要叫我死个明白吧。

为首的大汉冲她拱了拱手说：不瞒您说，我们是受陈家大太太之托，来要你命的，你来世再找她报仇吧！说着，举起了钢刀。

柳叶儿在心里暗暗地叹了一声：果然如此！就闭上了眼睛。

柳叶儿听到身旁一片利器的碰撞声，睁开眼时，见那三个蒙面大汉都已经倒在了血泊里。而她的身旁，站了十几个汉子，都短衣打扮，手持刀枪。为首的一人，面目狰狞、丑陋，左眼戴着黑色的眼罩。

柳叶儿明白是被人救了，她双膝跪在地上说：多谢众位大哥救命之恩。

为首的那人上前一把拉起她叫道：柳叶儿……声音竟哽咽了。

声音虽然不大,在柳叶儿听来,无异于晴天霹雳!她对这个声音太熟悉了,几年来,她无时无刻不在想着这个人,这个声音。可是……她抬起头来,仔细地看了看眼前这个面部布满疤痕的汉子,终于看出了一点儿当年的轮廓……她不敢相信,她颤抖着声音问:你是……玉元哥……

那汉子一把抱住她,连连说:我是我是……

原来,几年前,金玉元在去迎娶柳叶儿的路上,遇上了土匪,迎亲的男男女女几十口人无一生还,只有金玉元身受重伤,勉强活了下来,却变成了一个面目极丑的人,一只眼睛也瞎了。他被一个过路的老汉救起,养好伤后,就开始打探柳叶儿的下落。后来,他就一路打听着来到了杭州,找到了陈府。他见柳叶儿已经成为陈先生的宠物,生活得很幸福,自己又变成了人不人鬼不鬼的样子,配不上柳叶儿了,就想一走了之,找个没人认识他的地方了此残生。不料,他无意中发现,有几个参与打劫杀人的汉子频频出入陈府,经多方打探,才知道那场血案全是陈先生一手安排的,那些杀手全是他的护院。他本想告官,但想到陈先生有钱有势,他自己又没有任何证据,不但告不倒他,弄不好连性命也难保,就找了个地方安顿下来,伺机报仇。后来,他在一次夜行时被一伙土匪抓获,他灵机一动,对土匪言明了自己的身世,毅然加入了土匪队伍。由于他做过生意,脑子好使,几年下来,就做了他们的头儿。几年来,他无时无刻不在关注着柳叶儿,为此,还专门安排一个小匪到陈府当了仆役。由于有内线,他知道柳叶儿在陈府的处境,时时有遭暗算的危险。所以,今天柳叶儿一出门,他就派人就盯上了,一直暗中保护着……

柳叶儿听完金玉元的话,紧紧地抱住了他,大哭道:可怜的哥哥,小妹一直误会着你呀!

不知何时,人都走光了,只剩下了柳叶儿和金玉元,他们紧紧地抱在了一起,唯恐一不留神对方再不见了踪影。风从树林中穿过,轻柔、温暖,像一双小手,在两人的身上不断抚摸着。

良久,金玉元轻轻推开柳叶儿说:陈府你是不能回了,姓陈的已经被我杀死在北方了,少了他,你在陈府连三天都活不了。我给你找个善良人家,把你安顿好,过个平平淡淡的太平日子吧。

柳叶儿低下头,一言不发,泪水顺颊滚滚而下。

金玉元用衣袖给她擦了擦泪水问:我杀了姓陈的——我知道他一直对你很好。

柳叶儿轻轻摇了摇头说,以前,小妹确实很感激他。但我没有想到是他的一个阴谋毁了我们本该很幸福的生活。何况他还害死了那么多的人。小妹只是不明白,哥为什么不要我了?哥嫌弃小妹了吗?

金玉元无奈地苦笑了一声说:妹子,你看我这个吓人的样子,哪里还配得上你这位大美人?只怪我俩没有缘分呀!

柳叶儿笑了,柳叶儿问:这是哥的真心话吗?

金玉元沉重地点了点头说:这就是命呀!妹子,我们认了吧!

我不认命!柳叶儿说完,突然从头上取下了一枚簪子,插向自己的右眼……

金玉元惊呆了!饶是他近几年见惯了打打杀杀的事情,也被柳叶儿的举动震惊了!

这次哥总配得上小妹了吧?要不要小妹把另一只眼也废了?柳叶儿一只手捂住右眼,鲜红的血瞬间就从指缝内溢了出来,十分地充盈和夺目。

金玉元一把将她抱了起来,疯了般向山下跑去……

柳叶儿紧紧地搂着金玉元的脖子,趴在他耳边哽咽着说:哥,你知道小妹当年为什么拼死也要从良吗?

就因为我不认命。柳叶儿自己回答了自己。

涵墨傲骨

元朝刚刚建都大都时，天下初定，在各大都城、军事要塞均驻有重兵。小小的洛城因地处交通要塞，竟驻扎了5000兵马。洛城守备是个蒙古人，名叫额尔图。由于近期没有战事，额尔图经常带着亲兵到乡间打猎。洛城地处平原，本无猎可打，他们就将弓箭对准了老百姓家养的牛羊，所到之处，弄得尘烟滚滚、鸡飞狗跳。百姓稍有不满，轻则遭鞭打，重则丧命。这还不算，他还选了几个水草丰盛之地，强圈为牧场。初时，还有老百姓去县衙门击鼓鸣冤。但守备是五品官员，身为七品的知县哪里节制得了，只能推脱敷衍。久之，百姓心寒了，也就无人再告。

额尔图用搜刮的民财在他的“牧场”旁建起了一座豪华的庄园，并请洛城县衙的师爷程路给取了个名字：福寿园。这个程路是汉人，他非常想巴结额尔图，就顺便给他出了个主意，让他请当地的著名书法家谭士君题写门匾，以壮门面。

谭士君是洛城最有成就的书法家，他的书法广泛临学古人，早年从颜真卿入手，后改学虞世南，又学钟繇、王羲之，并汲取李邕、徐浩、杨凝式、米芾等各家之长，使他的书法综合了晋、唐、宋各家的书风，融会贯通，自成一体，笔画圆劲秀逸，平淡古朴。元初书坛三大家之一赵孟，提倡书法“专以古人为法”，对谭士君非常欣赏，以“书苑奇才”四字题赠之。

谭士君的字好求，街坊邻居，平常百姓，或家有红白喜事，或要乔迁新居，或是门市开张，每求必应，且分文不取。

谭士君的字也难求。凡为富不仁的奸商或贪赃枉法的官吏或不孝敬父母的逆子，无论出多么高的价码，也一概婉拒，绝无回旋的余地。

额尔图本来对汉人的这些东西不太喜欢，但他多年来南北争战忙活惯了，闲下来就难受。所以，他做这些事情也有打发时间的意思。他在程路的带领下，备了厚礼，来谭士君家求字。

须发皆白的谭士君在客厅接待了他们，但态度非常冷漠。当额尔图说明来意后，谭士君吓得头发胡子乱颤，他哆哆嗦嗦地站起来说：草民的一些粗陋文字，怎敢在守备大人的府上献丑？

额尔图信以为真，就不满地拿着一双牛眼瞪程路。程路赶紧凑上来，趴在他耳朵边上说：大人不可相信他的话，他这是推辞呢，不想给你写。

额尔图刷地抽出了腰刀，压在了谭士君的脖子上，锋利的刀刃散发出逼人的寒气。

谭士君面不改色。

程路慌了，这件事是他引起来的，如果真的让额尔图杀了谭士君，他落个“汉奸”的骂名不说，额尔图栽了面子，也不会放过他的。程路就抱住了额尔图的胳膊说：守备大人，咱们还是从长计议……他又趴在额尔图的耳边嘀咕了几句。

额尔图哈哈大笑着将腰刀入鞘，然后大喝一声：来人，把这一家大小人等，全部请到咱们军营！

在一片哭叫声中，谭士君一家大小十六口，全被带走了。

最后走的是程路，他对谭士君深深地鞠了一躬说：谭先生，我请求守备大人给您留了面子，没有让您镣铐加身，也让您好好准备一下。明日是黄道吉日，辰时为吉时，在下会在门外恭候，您留下墨宝，守备大人马上放您一家老小，否则，以通匪论处，全部斩首。

谭府的灯整整亮了一夜。

第二天，卯时三刻，谭士君左手提一小桶研好的墨，右手擎一支大号毛笔，站在了额尔图的庄园门前。程路早已经等在了那里，忙令守门的兵丁通报额尔图，自己揖着双手迎了上来。

谭士君看也不看程路，冷着脸问：匾呢？

片刻之后，有人将长一丈、宽三尺的红木门匾抬了过来，放在了门前的空地上。

额尔图得意洋洋地站在门口，揶揄道：谭先生，先到屋里喝一碗茶吧！

谭士君冷冷地说：你的茶我可喝不起，只求你快将我的家人放了。

放心放心，咱额尔图虽然没喝过你们汉人的墨水水，但信义还是讲的，你把活儿弄利索了，立马放人，哈哈……

谭士君要了一只陶碗，将桶内的墨水倒入，然后，他把大笔放入碗内，慢慢晃动着笔杆，双眼便盯紧了那匾。

周围已经站满了人，有额尔图请来的文人墨客，还有他的下属、家人，人们都不再说话，静静地看着谭士君。

谭士君轻轻将大笔提起，那碗里就干净了，没有一滴墨水。那支吸了墨的大笔，饱满得像要随时滴下墨来，但是，却不曾有一滴落下。

谭士君重提轻落，那只沉重的大笔一落到木匾上，就笔走龙蛇、轻盈欲飞了，“福寿园”三个大字眨眼间就落在了匾上，笔势雄浑，粗犷苍劲。谭士君从怀里掏出印章时，人们才回过神来，齐声叫好。就连不懂书法的额尔图，也从中看出了不凡的气势，连声叫好。

额尔图上前拉住谭士君道：谭先生，今天是咱府上大庆，就留下来喝一杯吧。言辞已极为恳切。

谭士君一言不发地看着额尔图。

额尔图拍了拍脑门说：忘了忘了，来人，快把谭先生的家人放了。

谭士君一家老小被放了出来。额尔图见谭士君执意要走，也就不再挽留。

谭士君早就备了两辆马车，在不远处停着，待家人都上了车，对马夫说：快走，越快越好！

中午，火辣辣的日头火一般炙烤着大地，也炙烤着额尔图门上那块刚刚挂上去的大匾。守门的兵丁倚在门框上打盹，忽然闻到一股刺鼻的硫黄和火硝的味儿，睁眼一看，门上那块大匾轻烟弥漫，接着窜起一溜火星，火就烧了起来。

当额尔图闻讯赶来时，门匾已经快烧完了，引着了屋檐顶上的椽子，忙命人救火，天气正干燥炎热，哪救得及，火借风势，很快漫过整个门楼子，蔓延到所有的房屋上，整个庄园陷在了一片火海中，女人们尖叫着纷纷从屋里逃了出来，有些衣不蔽体，十分狼狈。

额尔图明白中了谭士君的道儿，差人去抓时，谭府早已人去屋空。额尔图惊怒交加，一刀剁了那个程路，总算出了一口恶气。

从此，谭士君不知去向。

绝　药

傍晚时分，落霞把古城镇的街道涂上了一层金黄的色彩。没有风，街上的一切仿佛都是静止的，从远处看，很像一幅仿古的水彩画。

一阵杂乱的脚步声打乱了这充满着诗情画意的宁静。赌场的老板厉长风领着几个保镖从街上匆匆走过，径直来到镇东头开药铺的邵子明家。

厉长风叫保镖把好门，一个人慢吞吞地踱着方步来到邵子明坐堂问诊的堂屋里。

邵子明六十外，是方圆百里无人不知的名医。这时他正闲着无事，翻看着一本陈旧的医书。一抬头，看见了皮笑肉不笑的厉长风。他赶紧站起来，诧异地问：厉老板，怎么有空到我这小铺面来了？哪儿不舒服？

在这个大镇上，没有人敢不恭敬厉长风，他不但家大业大，而且手眼通天，一个电话就能把县上的保安团调过来。当然，这与他那当县长的舅舅也不无关系。至于这个镇上最大的官儿——镇长，除了现任的镇长焦国良不买他的账外，以前的几任镇长，无不对他俯首帖耳。

厉长风大大咧咧地坐在椅子上，用一把鸡毛扇子在面前来回晃动着，对站在身前的邵子明视若不见。

邵子明尴尬地站在那儿，一时无话。幸好，他铺子里仅有的一个学徒回家了，这场面没人看见。

良久，厉长风才拖着长腔问：邵先生，你配制的“夺魂散”还有没有呀？

邵子明一惊：厉老板要那东西干什么？

厉长风笑了一下，反问道：你知道明天是什么日子吗？

六月十八呀。

好记性、好记性。厉长风夸张地称赞着邵子明：那明天咱镇上有什么大事儿呀？

邵子明沉吟了一下说：是焦镇长的六十大寿。

厉长风阴阴地笑了，你说：镇长大人做寿，我能不表示点儿心意吗？

邵子明大惊：你……你……想……

厉长风“哈哈”大笑：你知道了也无妨，反正你这两天也出不了这个门了。

邵子明一下跌坐在椅子上，消瘦的脸上爬满了汗水。

厉长风和新任镇长焦国良素有嫌隙，这是全镇人都知道的事情。焦国良到任前，厉长风在古城镇是要风得风、要雨得雨。他不但开着赌场，还开有烟馆、妓院等生意，很多人被他弄得倾家荡产。厉长风不但脾气霸道，而且好色成性，糟蹋了不少良家妇女。也有人到镇公所告他，但往往是人刚出了镇公所的大门，他就知道了信儿，带几个打手将人拦下打个半死，然后扬长而去。久而久之，人们就明白这古城镇是他的天下了，只能忍气吞声地过日子。但新任镇长焦国良一来，就改变了局面。他上任的第一天，就驳了厉长风的面子，没有去赴他的宴请。几天后，又退回了他送的拜见礼。镇上的人们看到了希望，有人就大着胆子去告状，结果，焦国良全部秉公审理，还关起了厉长风的几个打手。这可是以前从未有过的事儿。厉长风一见事情不妙，就去求他当县长的舅舅。但焦国良不是一般的人，他在县里有着很高的威信，又行得端走得正，没人敢随便动他。这一下厉长风可傻了眼，只能暗暗地发狠，盼着焦国良早早调走或者早死。在做事上，他只得收敛了很多。

今天，邵子明一听厉长风的话意，明白他是想用“夺魂散”去害焦镇长的全家。他擦了擦脸上的汗水，稳了稳心神说：厉老板，这“夺魂散”本是用来治鼠患的，现在我们这里老鼠已经不多了，所以，店里也一直没再配制。

厉长风“嘿嘿”地冷笑了两声，突然对门外大喝一声：押进来！

邵子明的独生儿子被两个打手五花大绑地推了进来，一把钢刀紧紧地压在他的脖子上。

厉长风放缓了语气说：邵先生，并不是我厉某人成心跟你过不去，只是这世间除了你的“夺魂散”无色无味外，用别的毒药还真的难以得手。

邵子明长叹了一口气，挥了挥手说：你们放了他吧。

两个打手松开了手，把钢刀也拿了下来。

邵子明从床底下拿出一个破旧的木头箱子。他打开箱子，从里面取出一个油纸包，又打开油纸包，拿出了一个葫芦形的瓷瓶。

厉长风一把将瓷瓶夺了过去！然后，他“哈哈”狂笑着出了药店的大门。

两个打手一左一右，倚在药店的两扇门框上。

当天晚上，厉长风就命提前安插在焦府的内线将“夺魂散”下在了第二天宴会用的菜里和水井里。

第二天，焦府张灯结彩，热闹非凡。

厉长风躲在家里，一边喝着一壶上等的铁观音，一边等着好消息。

这一上午对厉长风来说，真的是度日如年。茶喝到乏味，他的耐心也快到了极限,疯了般在屋子里转来转去。

一直等到天过晌午,他派去的人才垂头丧气地跑回来说:焦府什么事情都没有发生,前往道贺的人已经吃饱喝足开始告辞了。

厉长风虚脱了般跌坐在藤椅上。

傍晚时分,忽然就起了风,是东北风,镇街上碎纸、草屑漫天飞舞。

厉长风领着几个打手来到邵子明的药铺里。他派的两个打手还一动不动地倚在门框上守候着,像睡着了。他用手轻轻推了他们一下,两人竟然都倒了。

厉长风暗叫了一声“不好”,俯身摸了摸他们的鼻息,已经毫无声息了。

厉长风大惊,进了屋,见屋子里已经点上了蜡烛,邵子明面带微笑端坐在他平时看病的椅子上,木雕般一动不动。

厉长风一脚先踢翻了一只凳子,正想再动手,忽然觉得喉咙被人勒住了一般呼吸困难起来,他两只手拼命地去掐喉咙,却“咚”的一声倒在了地上。同时倒下的还有他的几个打手。

第二天一早,有人去镇公所报了案。镇长焦国良带人验了尸,一共八具,邵子明、厉长风,还有六个打手。他们身上都没有任何伤痕和勒痕,导致他们死亡的原因是窒息。可在这么大的一间屋子里,又开着门窗,怎么会窒息呢?这桩案子就成了悬案。

几年后,古城镇又闹鼠患。已经失踪了的邵子明的儿子回来了,他献给镇长焦国良很多蜡烛,对他说,这就是我们祖传的“夺魂散”,只要点燃,百步之内可绝鼠患,但人在点燃时应以湿毛巾捂住口鼻,点燃后迅速离开。

直到百年后的今天,古镇也没再闹过鼠患。

宽　恕

萧天尧风一般穿行在丁镇的大街上，两肋下的“二十响”在日头下闪着铿亮的光。他此行的目标很明确，就是本镇的大户丁家。

十年前，丁家大少爷丁怀新强暴了萧天尧的妻子，因为妻子拼命反抗时弄瞎了丁怀新的一只眼睛，丁怀新一怒之下，竟将她和襁褓中的儿子一起扔进了后花园的池塘里，活活溺死了。

痛不欲生的萧天尧在得到这个噩耗后，便发誓报仇，他要让丁家加倍偿还血债。但他知道，凭他的能力，是无法和丁家对抗的，丁家光护院就有 40 人，全部配备了长短枪，外人根本进不去门。丁家的老爷少爷外出，也是前呼后拥，保镖林立，根本无法下手。萧天尧便只身跑进大山里，投靠了土匪头子徐大舌头。

十年来，萧天尧无时无刻不在想着报仇，为此，他下苦功夫，练就了一手的好枪法和一身的好功夫。十年来，他多次想下山寻仇，都被徐大舌头挡住了。起初，他以为徐大舌头是怕他吃亏，后来渐渐明白了，徐大舌头一直吃着丁家的“月供”，和丁家关系甚密。徐大舌头知道他和丁家有仇，还能收留他，已经不错了，哪容他去杀自己的衣食父母呢？他就一直忍着，他相信一句古话：君子报仇，十年不晚。

现在，机会终于来了。徐大舌头因为一个女人，和另一个山头的老大火拼，身中数枪而亡。徐大舌头手下的人也死伤严重。埋葬了徐大舌头后，小匪们遂树倒猢狲散。萧天尧也成为了自由之身,总算可以下山寻仇了。

萧天尧知道,一场血战不可避免,但他有十足的把握取胜。十年前,丁家的保镖们在他眼里如狼似虎,可在十年后的今天,他们不过是一群乌合之众。他们手里的枪,吓唬那些手无寸铁的老百姓还行,但在他眼里,不过是一堆破铜烂铁。十年的土匪生涯,不但增长了他的本事,还将他磨炼成了胆大包天、杀人如麻的枪手和刀客。

丁家的朱漆大门已经近在眼前了。他早已经计划好,先出其不意,射杀门口的四个保镖,然后再闯进去,将大门反锁上,这样做,一是不放跑任何一个人,二是外面如有援兵,一时也攻不进来。

萧天尧来到丁家大门前,拔出了双枪。他有些激动,血洗丁家大院,这是他十年来唯一的梦想,也是在他痛失爱妻爱子后活下去的唯一精神支柱。但奇怪的是,丁家的大门敞开着,门口却没有一个人。难道是自己走漏了风声,丁家已经设好了圈套等他来钻?不管这些了,既然来了,就不怕他有什么花招。萧天尧大踏步地走进了丁家大院。

萧天尧感觉到了异常。因为往昔繁华的丁家大院,竟然看不到一个人影。难道他们真的知道了仇家要来,在四处设了伏兵?不可能呀,自己今天来寻仇,对谁都没说呀。

萧天尧仔细观察周围,才发现,丁家大院里,竟然到处长满了茂盛的杂草,高得已经能藏人了。屋檐下,挂满了蜘蛛网。竟似好久没人住过的闲宅。难道丁家又发了大财,搬家了?萧天尧内心一阵莫名的恐慌,他举起双响,朝天鸣放了两枪,同时大喊:有人吗?滚出来!

一阵趔趔趄趄的脚步声,从偏屋里跑出了一个人,大声问:谁放枪?谁放枪?

萧天尧一看,这人竟是丁家的铁杆管家丁三,只是他的气质,已经大不如前,也瘦了不少。丁三仔细看了看萧天尧,猛然后退了一步,哆哆嗦嗦地问:你你、你是、是萧、萧天尧?

萧天尧冷笑了一声说:丁大管家,别来无恙呀?

丁三忙哈了哈腰说：托您的福，还活着，您是回来寻仇的吧？

萧天尧看了看破败的丁家大院，忍不住好奇，问道：丁家怎么了？

丁三苦着脸说：还不是大少爷给败的？老爷活着的时候，他还有所顾忌，可老爷死后，少爷当了家，就变本加厉了，他以前只是好色、好饮，后来又添了赌博和抽大烟，万贯家财，就这么一点点败光了……您刚才放枪，我还以为是讨债的又来了呢。

这时，正房里传来了一声咳嗽，一个细若游丝的声音传了出来：丁三，虽然丁家衰败了，也没有让客人在外面站着讲话的道理呀？

丁三忙哈了哈腰，把萧天尧往屋子里让。

萧天尧走进了正房，屋里光线很暗，他适应了一会儿，才看清，屋子正中放着一张罗圈椅，椅子上躺着一个人，骨瘦如柴，但从轮廓上，他能认出，这人就是他日夜想杀死的仇家——丁怀新。

丁怀新歪头看了看萧天尧：萧当家的，你是来杀我的吧？来吧，帮我了却这条残命吧，省得活着受这份洋罪。

萧天尧把枪顶在了丁怀新的太阳穴上。十年来，萧天尧在心里想了一百种一千种和丁怀新见面的情景，也想了很多种杀死他的方法，但是，就是没有想到，他要杀的仇人，以前威风八面的丁家大少爷，已经成了一个风烛残年之人，一个手无缚鸡之力的人，现在他只需一个手指头，就能轻松地取他性命。但是，在刹那之间，他忽然没有了杀人的欲望，他觉得杀这样一个毫无还手之力的人，一点儿价值和意义也没有，即使杀了他，也没有快意恩仇的感觉。眼前的这个人，他恨了十年，可是，当真的能杀这个人了，忽然又觉得这个人竟然没有那么可恨了，甚至还有些可怜……仇恨在萧天尧的胸腔里一点点消失……

萧天尧最终放下了枪，大踏步地走出了丁家大院。

第二天一早，丁怀新在丁三的搀扶下，拿着祭品，来到他埋葬萧天尧妻儿的坟前。

一个人躺在坟前，从太阳穴里流出的血已经凝固了，右手的枪，还在太阳穴处顶着。

丁怀新和丁三面面相觑，他们想不明白，为什么萧天尧在击毙他们之前，竟然宽恕了他们，而最终，却不肯宽恕他自己。

暮色苍茫

——谨以此文献给在长征中捐躯的先烈

曼儿真切地感到背上的挎包越来越沉重了，连绵不绝的雨水增加了挎包的重量。她的双腿也因过度的劳累而逐渐麻木了。她深吸了一口草地上所特有的那种潮湿、冰冷、夹带着腐草气息的空气，继续向雾气渐浓的前方奔跑着。鞋子早已经跑丢了，她赤足踏在遍地积水的草地上，深一脚浅一脚，溅起一路细碎的水花。

零星的枪声一直在背后追逐着她，子弹呼啸着在头顶上接二连三地飞过。“抓活的！”“活捉女共匪！”枪声中不断掺进一声声嘶哑的号叫。曼儿紧咬着下唇，一边飞跑一边想：要是能碰上自己的队伍该多好啊。可曼儿明白这种可能性几乎是零。大部队几天前就过去了，上级只留下几小组人马负责一路收编掉队的战士。这几个小组人员少，携带的又都是轻武器，战斗力较弱，因而遇上敌人只能是且战且退。

曼儿是今天上午被收编的，下午就遭到了敌机的轰炸。当时，这一组30多个战士刚刚停下脚步，准备就地搞点野菜什么的充饥。曼儿因这几天肚子一直不好，就到离宿营地约二三百米的乱木丛中解手。就在曼儿解完手正想归队的时候,她忽然听到一种奇怪的声音,有点像蜜蜂的鸣唱。只片刻间,那种声音逐渐变大,同时一股气流使曼儿感受到了恐怖和凉意。她突然醒悟了,大喊了一声:“有敌机!”就扑倒在乱木丛中。两架战斗机从曼儿头上呼啸而过,强劲的气流如旋风般刮得草木几乎贴在了地皮上,“轰轰轰”!震耳的爆炸声此起彼伏,刹那间把这一片草地笼罩在硝烟中。曼儿将挎包压在身下,整个身子紧贴在潮湿的草地上,将脸埋进圈在脸前的双臂之间。“轰轰”!随着剧烈的爆炸声,曼儿感到身下的大地在颤抖、在呻吟。一声刺耳的呼啸声,一颗炸弹落在了离曼儿仅二三十米远的地方,山崩地裂般的巨响中,曼儿失去了知觉……

曼儿是被冰凉的雨水淋醒的。她艰难地睁开双眼,第一个感觉就是来自后背的重压。她活动了一下几近麻木的手脚,支撑着向上挺立,覆盖在后背上的树枝和湿土块纷纷抖落下来。她终于站了起来,并迅速检查了一下全身,惊异地发现自己竟然没有受伤。挎包因压在身下,也丝毫没有损坏。曼儿高兴地将挎包背到肩上,才开始环顾周围。她和战友们刚刚驻扎过的平地已经千疮百孔。战友们都不见了,曼儿找遍了敌机轰炸的这个范围,仅找到几具战友的尸体。她将战友的尸体一具具拽到一个大弹坑里,又搬了一些烧焦的土块,覆盖在弹坑上。曼儿已经没有了眼泪。自踏上长征之路,在敌人的追击、堵截、轰炸中,很多战友都倒在了这荒凉、陌生的土地上,曼儿的泪水已经流干了,她心中只剩下对敌人的仇恨。掩埋完战友的遗体,曼儿已累得上气不接下气。她正想找个地方休息一下,无意中发现一股敌兵正悄悄地向她靠近,离她仅有五六十米远了。曼儿一惊,随即转身向草地深处跑去……

曼儿奔跑的脚步逐渐慢了下来,步子也变得趔趔趄趄了。“扑通”!她重重摔在了水汪汪的草地上,同时,背上的挎包带也甩掉了,惯性使挎包飞落到曼儿身前一米多的地方。曼儿奋力支撑起上身,挣扎着往前爬了几步,把挎包紧紧抱在了怀里。这是一只已洗得发白的绿色军用挎包,包盖正中的红五星也已褪色。这在红军队伍中是极普通的一只挎包,可对曼儿来说,它的份量比自己的生命还要重。刚踏上长征之路时，这只挎包在师部通讯员小邵的肩上挎着。爬雪山时，小邵被一股强劲的山风刮下了山涧，他在身体下落之前将包甩在了一个战友的怀里。之后，挎包又搭在了勤务兵小刘的肩上。几天前，小刘也在一次反追击战中壮烈牺牲了，挎包就传到了曼儿的肩上。师参谋长特意嘱咐过曼儿，这只包里是一些重要的情报和机密文件，不到万不得已不能销毁，更不能落到敌人的手里。

追兵越来越近了，曼儿甚至听到了敌人杂乱的脚步声。曼儿挣扎着站起来，身子歪歪斜斜地向前跑了几步，又摔倒在泥水里。曼儿已经一天一夜没吃东西了，极度的饥饿和疲劳使她的全身几乎瘫痪了。曼儿明白自己已经没有力气再跑了，当务之急是销毁怀里的挎包。可怎么销毁呢？烧是来不及了，藏又没处藏。曼儿趴在泥水里，无奈地扫视着周围的草地。蓦地，曼儿发现离自己不远的右前方有一个约一丈方圆的浅坑，坑内有一汪浑浊的水，水面上泛着无数个白色的气泡。凭经验，曼儿知道那是一个泥潭，人陷到里面，越挣扎陷得越快，一袋烟的工夫就能没顶。曼儿咬着牙，奋力爬到泥潭边上，然后她用双臂支撑着半跪起来，将怀里的挎包抛了出去。挎包在空中画了一道优美的曲线，落在了泥潭的正中。这时，敌人已经来到了曼儿的身后，曼儿听到了他们狗歇凉般的喘息声。曼儿深吸了一口气，然后纵身一跃，整个身子轻盈地落入泥潭中，并准确地将挎包踩进泥水中。曼儿长出了一口气，脸上露出了如释重负般的微笑。她的身体开始缓缓下陷，她轻蔑地扫了一眼呆若木鸡的敌兵那一张张惊愕的面容。然后，曼儿将深情的目光投向草地深处，她想：战友们已走出草地了吧。在曼儿专注的目光中，铅灰色的天空和水汽弥漫的草地奇妙地交融在一起，在暮色中组成了一幅苍茫的景象。曼儿觉得眼前的景象真像一幅画，曼儿就闭上了眼睛，让这幅暮色苍茫的画面永恒地定格在脑海中。

世　仇

两年前，金元洪被李元庄的仇家追杀得鲜血淋淋一头撞进黎明寨时，谁也没想到这是一场前人已经用了千遍万遍的苦肉计。

黎明寨和李元庄有世仇，几百年来，大小械斗发生过几十起，两个庄子几乎家家户户都有人在械斗中丧生，所以，两个庄子结成了世世代代也解不开的血海深仇。既然金元洪是李元庄的敌人，那就一定是黎明寨的朋友，这是黎明寨的寨主黎天鹏的逻辑，这种逻辑在全寨人的心目中也是非常正确的。况且，金元洪向黎寨主讲述了自己一家被李元庄庄主迫害致死的经过时，声泪俱下，谁也无法相信那竟是演戏。

从金元洪对自己曲折身世的叙述中，黎天鹏知道他有一身好功夫，待他养好伤后，就留他在府中做了教头，还特殊嘱咐其用心教一下少寨主黎汉。

黎汉和金元洪好像天生有缘，两人经过几天的熟悉后，很快就形影不离了。每天一大早，金元洪便开始教黎汉练武。说来也怪，这黎汉平时并不热衷于学武，但自从跟上了金元洪，忽然就对武术痴迷起来。为了便于早晚练武，他甚至擅自和金元洪搬到了一处。对此，寨主黎天鹏也听之任之了。平日闲暇时，黎天鹏便将金元洪约到自己的房间里，两人饮酒长谈，一醉方休。一次，酒至酣处，黎天鹏还提出将自己的妹妹许配给金元洪。金元洪虽然推说家仇未报不便谈及婚嫁，但他的两只眼睛分明湿润了。

金元洪在黎府一待就是两年。由于寨主的重视，他在黎府的地位一直比较特殊，连总管也得敬他三分。至于少寨主黎汉，更是和他好得如同兄弟。

黎汉是偶然发现金元洪绘制地图的。那天晚上，黎汉睡到半夜，被一泡尿憋醒，见金元洪正趴在床前的桌子上，聚精会神地画着什么。由于好奇，他就悄悄站了起来，越过金元洪的肩膀去看桌上那张摊开的草纸。这一看，他吓了一跳，这是黎明寨的地形图。黎汉虽然只有15岁，那他也知道，黎明寨之所以可以和人多势重的李元庄抗衡，都得益于黎明寨周围和寨内复杂的地形，外村人进来就迷糊掉向，想出去可就太难了。因此，多年以来，外村的人们都管黎明寨叫"迷魂寨子"。黎明寨和李元庄的很多次械斗，都是以黎明寨不敌而退回寨子为结束。李元庄的人虽然早想除掉这个心头之患，但因为不熟悉地形，不敢贸然进寨。所以说，黎明寨的地形图，就是寨子的命根子。黎汉年龄虽小，但胆大心细，他当时没有吭声，悄无声息地躺回了原处，硬是将一泡尿憋到了天亮。

起床后，黎汉照常跟金元洪一块儿练功，等练完功后，他才跑回后院，将自己的发现告诉了父亲。

对此，黎天鹏表现得相当冷静。他嘱咐自己的儿子，先不要把这件事情告诉任何人，对金元洪要一如既往，只是他出寨时要想法阻止他，并尽快向他报告。

从此，黎汉就加紧了对金元洪的监视。每天晚上，他总是先上床假寐，暗暗注意金元洪的一举一动。终于，在一个夜晚，他发现金元洪又将自己精心绘制的地图扔到了炉火之中。

黎天鹏得知这一情况后，立即断定：金元洪已经将寨子里的地形熟记在胸，准备离开了。事不宜迟，必须将他抓起来，如果被他走掉，寨子里的两千多人就要大难临头了。但转念一想，黎天鹏又犹豫了，金元洪已经将地图烧掉，现在一点儿证据也没有，出师无名啊。

正在黎天鹏左右为难时，突然有庄丁来报：金元洪有一封书信要求转给寨主亲阅。黎天鹏接过书信，还未差阅，又有一个庄丁慌慌张张地来报：金元洪擅自出寨，庄丁们拦截，他竟抓了少寨主黎汉作人质，强行出了寨门。

黎天鹏立即带人出寨追赶。

黎明寨两百多个庄丁将金元洪围在了一片方圆只有几十米的小树林中。但人们投鼠忌器,怕金元洪伤了少庄主,所以,谁也不敢冒险往里闯,更不敢开枪。

双方正僵持不下,李元庄方向忽然传来一片枪声和呐喊声,并且越来越近。显然,他们是听到枪声后来接应金元洪的。

怎么办?人们都把目光投向庄主黎天鹏。

人们都清楚,硬拼,李元庄的人数至少比己方多两倍,而且武器也好,最终的结局还是退回寨子里。但那样金元洪就会乘机逃脱,后果不堪设想。

开枪!忽然,黎天鹏大吼了一声,并率先向林子里开了一枪。

没有人开枪,因为人们知道,开枪就意味着将少寨主也送进了鬼门关。

弟兄们!为了全村两千条命,开枪呀!黎天鹏发火了,并向树林里连续射出了一梭子弹。

枪声大作,密集的子弹从四面八方飞进小树林!袭击了小树林的每一寸地方。

片刻之后,黎天鹏喊了一声:停!

枪声停下来了。黎天鹏第一个扑向小树林!庄丁们紧随其后。

尸体找到了,是金元洪的,他身中数十弹,已惨不忍睹。令人惊异的是,少寨主黎汉竟毫毛没伤,他被金元洪宽大的身躯压在一个小凹坑里,阻挡了一切可能飞来的子弹……

为避免伤亡,黎天鹏带着庄丁们迅速撤回到寨子里。

回到家,黎天鹏首先找出金元洪写给他的信,展开一读,不由得热泪盈眶。

黎寨主:

您好!

谢谢您两年来对我的关照,我十分感激,通过两年多的接触,我非常佩服您的为人。今天,我要离开了,有些事情需要向您说明,否则，我将终生愧疚。

我是李元庄的少庄主，真实姓名叫李少春，奉父亲之命来您寨卧底，本打算等摸清您寨子的地形情况后，带我的人来血洗黎明寨，以了却数百年的仇恨。但是，通过对您的了解，我发现您及少寨主都是十分仁厚善良的人，对于我一个无家可归的落魄人尚如此，假如，我们没有以前的仇恨，您对于我们李元庄这样“鸡犬之声相闻”的邻村人肯定更加关照，既如此，我们何苦要世代互相残杀下去呢？经过慎重考虑，我决定回村劝说父亲，与贵寨修好，结束数百年来的悲剧。我知道，在事情没有办成之前，您不会放我走，因为我已经熟悉了您寨子的地形。所以，我决定不辞而别，假如走得不顺利，可能会有冲突，但我不会伤害贵寨的任何人，请勿怪，我一定会使两村修好。

时间匆忙，不再赘言了，来日待两村修好，定当登门谢罪。

小侄　李少春　敬上

黎天鹏看罢信后，擦干眼泪，长叹一声：唉！这是劫数呀！

自此，黎明寨和李元庄的仇结得更深了，彼此打打杀杀的悲剧仍然上演着。

私　仇

天刚近午，娘的咳嗽声停了下来。娘喊：来子，来子……

来子便不耐烦地应着：知道了知道了。

来子正坐在院里的那棵老枣树下专心地看米羊上树，一边看一边用树枝将爬到高处的米羊拨拉下来。树上还有几只蝉在卖力地鸣唱。来子不情愿地站了起来，踹了枣树一脚，有几滴水滴在了他的脸上，他仰起脸来骂了句：你个王八蛋，又往老子身上尿。蝉们“嘟”的一声飞走了。

来子拍了拍屁股上的土，对着布满大小窟窿的土屋子喊：娘，俺去了。

来子就出了院子，沿着村道慢慢腾腾地出了村。此时日头正烈，烤得来子的头皮一阵阵发紧，来子甚至能听得见头皮正“滋滋”地往外冒着油，像娘烙饼时把油倒在烧红的锅里的声音。虽然热，但汗却出不来，汗水一露头就被火一样的日头“滋”的一声烤干了。

村外是一道绵延数百里的大河，叫徒骇河，河床有200米宽，两岸都筑了高高的河沿，来子的家在河东岸，这东河沿又是村子通往外面的唯一通道。来子踏着厚厚的尘土，扑踏扑踏地爬上了河沿，背后溅起了一路尘土。河沿的慢坡上、路两边都是参天大树，把河沿上原本很宽的路挤得很窄，路两边的树冠在半空中连接在了一起，就把路罩住了，路就成了一条被绿色环抱的阴暗的通道，盛夏时节，树木都枝繁叶茂，里面基本见不到阳光，风一吹，凉爽而舒适。来子找了个杂草茂密的慢坡躺下，眯上了眼睛。

一年多了，每天的这个时辰，娘都会派来子来这儿登高望远，探望弯弯曲曲的林荫路。前半年来子是认真的，每次都爬上那棵最高的白杨树，向路的尽头遥望。可后来他就再也不肯费力气爬树了。每次他都是在这儿睡上一觉，然后回家，对躺在炕上的娘说：娘，俺爹还没回来哩。

来子爹是一年多前被抓去当兵的，村里一同被抓去的还有麻老五。那天，来子爹和麻老五结伴去张屯子赶集卖西瓜，一早去的，到了天黑透也没回来。后来村长就迈进了来子的家门，对来子娘说：认命吧，你当家的和麻老五在半道上被抓了差，吃粮当兵去了。来子娘一声未吭就昏了过去。16岁的来子“哇”地一下哭出声来。因为就在前天，爹在喝下二两地瓜干原烧后，红着眼睛对他说过一句让他心跳加快的话，爹说：来子，好好干活！过几天爹卖了那头猪，就托人给你说一房媳妇。来子当时高兴坏了，虽然来子并不知道媳妇的具体好处，但他看到别人娶媳妇时都很高兴，那他就认定了媳妇肯定是好东西。可爹现在被抓走了，而且村子里凡被抓走的人，还没有一个是活着回来的，更多的是连信儿都没有，那他这媳妇的事儿眼瞅着就泡了汤。

爹走了半年后，来子夜里总做一个相同的梦，梦见爹被人杀了，把肚子挑开了，白花花的肠子冒着热气流了出来，就像村里胡屠户杀猪破膛一样。每一次来子大汗淋漓地从梦里醒来，就悲凉地想，爹是死定了，没了爹，媳妇的事肯定没指望了。但来子却从不敢把梦告诉娘，来子怕娘受不了，舍下他一个人。来子就每天坚持去河沿儿上睡午觉，睡一觉后再回来告诉娘：娘，俺爹还没回来哩。

这年秋天，麻老五突然回到了村子里。回来的麻老五只剩下了一条胳膊，所以他一回村，全村人就都知道了。来子听到消息后，急火火地赶到麻老五家里时，麻老五家里围满了人，正听他一个人在那里又是哭又是笑的诉说，像是在说书。来子拼命挤进去，急急地问：麻五叔，俺爹怎没回来？

刚才还闹哄哄的人们，一下子静了下来。屋里几十个人的目光都集中到了来子的身上，就像来子的身上有一种专吸目光的磁铁，一下就把众人的目光吸了过去。来子没想到会有这么一出儿，来子就哆嗦了，有些结巴地追问了一句：麻五叔，俺爹他……

麻老五忽然抱着来子放声大哭！

麻老五是从死人堆里爬出来的。半月前，来子爹、麻五所在的部队在一个叫“峄山”的地方打了一场惨烈的大仗，两边都打光了子弹后，又进行了两个时辰的肉搏战，后来，对方占了上风，麻五眼睁睁地看着来子爹在离他不远的地方被一个黑瘦的解放军给挑了，肠子都流了出来。来子爹临死，把手里的步枪奋力地投向了对方，枪刺把那个解放军的左耳朵给削下了半个。混战中，麻五被人用大刀片削下了一条胳膊，他就势躺在地上装死。后来，他们这支队伍全军覆没。战斗结束后，天已经黑了，麻五悄悄地从死人堆里爬了出来，然后，他一路讨饭，半个月才走回了家……

麻老五说完，拍了拍来子的肩膀说：来子，千万照顾好你那苦命的娘呵——

在回家的路上，来子反复地想着怎么给娘说这件事。想来想去，觉着还是不告诉娘好，娘已经卧床三年了，身子一直不行。下定了决心后，来子若无其事地回到了家，他甚至还顺便从门口的沟沿上拔了几把曲曲菜，然后把菜喂给了猪，唤猪时，他故意弄出很大的声音，还呵斥了几句贪吃的猪。做完这些，他才像平常一样进了屋。

来子一进屋就愣住了，娘直挺挺地躺在炕前的地上，一只胳膊奋力地向门口这边伸着，像要抓住什么。来子腿一软就跪了下来，来子声音颤抖地说：娘，别、别死呀……

麻老五帮来子埋葬了娘，来子发现麻老五哭得比他还伤心。他忽然想起了村里人的风言风语，心里一动，难道……但他转念一想，现在爹也死了，娘也没了，想这些都没用了。来子跪在娘的坟前暗暗发誓：一定要找到杀爹的那个人，用刀子把他捅成马蜂窝！

秋后，刚收了玉米，村里开进一支队伍，是解放军的一个连。连长是一个黑瘦黑瘦但精神十足的男人。队伍住下，那个连长就领着几个战士挨门挨户地动员青壮年当兵，还成立了“识字班”，让“识字班”的姑娘们动员青壮年入伍。因有了姑娘们的动力，参军的人就很踊跃。来子想：这是个报仇的好机会，不当兵到哪儿找杀爹的仇人？来子不等识字班的人来劝，就主动要求去当兵，当天就穿上了崭新的军装。

来子从当兵的那天起，就开始打听杀爹的人。他把队伍里的人一个一个地拉到一边问三句相同的话：你挑死过一个叫刘大发的人吗？谁挑死过一个叫刘大发的人？谁的左耳朵少半块？被问的人都连连摇头，用一种怪怪的眼光看他。十几天一晃过去了，来子把全连的人都问了，只是没有问连长，可连长也常用怪怪的眼光看他。来子不敢问连长，他甚至不敢抬头看连长一眼，他觉得连长的目光里有很多耐人琢磨的内容，就感到连长这人挺可怕的。

一个无风的黄昏，连长把新招的几个兵领到村外的荒地里，教他们投手榴弹。连长无非是想锻炼一下这几个新兵的胆子，以免他们真上了战场时让枪炮声吓尿了裤子。连长当着几个新兵的面将一颗手榴弹的后盖打开，露出拉弦，对他们说：看见这根线了吗？往外扔的时候要先拉开它，拉开后七秒钟就爆炸。七秒钟是多长工夫呢，就是连数七个数的工夫。好了，你们几个谁有胆子扔一颗试试？来子想也没想，抢先说：俺来！来子懂得，要为爹报仇首先得学报仇的本事。他接过连长手里的手榴弹，打开了后盖，用牙咬着弦子一下子拉开了，随即，手榴弹的柄端便冒出了一缕青烟。来子觉得挺奇怪，就问：连长，怎么这家伙还冒烟呀？连长急了，大喊一声：快扔！便旋风般冲过来，一巴掌将手榴弹打落，同时将他摁在了身下。"轰"的一声巨响，手榴弹在几米之外爆炸了！炸起的泥土盖了来子和连长一身。连长一骨碌爬起来，拍打拍打身上的土，弯腰揪住来子的后脖领，一用力提了起来，然后铁青着脸问：怎么了，吓傻了？来子这才回过神来，若不是连长搭救，自己就被炸碎了。自此，来子便觉得连长这人是个难得的好人，很像爹给讲的故事中的侠客。

不久，来子所在的这个连接到了一项艰巨的任务，星夜行军100多里，抢先占领一座无名高地，并要坚持到大部队的到来。

这场战斗打得相当残酷。敌人动用了一个团的兵力向无名高地猛烈冲锋，背后还有五门迫击炮做火力掩护。连长一直很沉着，指挥着全连战士借助地形优势，接连打退了敌人的十几次疯狂进攻。

刚开始的时候，来子真被这枪炮齐鸣的阵势吓住了，趴在一块大岩石后面不敢抬头，眼睛闭得死死的。后来他被炮弹炸飞的石片划破了鼻子，才被激怒了。他用手擦了擦脸上的血，骂了声"奶奶的"，一步跃出掩体，端着冲锋枪向山下涌上来的敌兵扫射起来。敌兵刹时倒下一片。来子兴奋极了，一边扫射一边"啊啊"地大叫。正扫得带劲儿，忽觉后衣襟一紧，身不由己地向后倒下，与此同时，他身前的岩石被子弹打出了一溜火星。连长抓住他的后衣襟，沙哑着嗓子喝道：你活腻歪了？注意隐蔽！说完就匆匆离去。来子忽觉心里一热，一种前所未有的感觉忽然弥漫了他的全身。

战斗是黎明时分打响的，一直打到第二天日上三竿，大部队还迟迟未到。双方的损失都很惨重。敌人的炮弹打光了，人也仅剩下几十个。而无名高地上只剩下来子和连长两个人了。敌人从火力上看出了便宜，在一名瘦猴子样的军官带领下，像一群蜗牛般向山上缓缓蠕动！

来子和连长相距二三十步远，各抱着一挺机枪，敌人一露头，就打一个点射。敌人分成两股，分别冲着来子和连长攻上来。来子这时已不知害怕，看着缩头缩脑往上爬的敌人觉得挺可笑。为了节约子弹，来子决定像小时候藏猫猫那样玩个小小的把戏，就缩在藏身的凹处一动不动。敌人以为他不是打光了子弹就是被打死了，于是一窝蜂般冲上来。来子前面十几米的地方是一大片光秃秃的山坡，没有遮拦。当敌人冲到这片山坡时，来子突然威风凛凛地站起来，怀里的机枪发出一阵炒豆般的爆响，敌人便如断了根的苇子般倒下了一大片。来子得意地骂了一声“他奶奶的”，回转身看连长时，脑袋当即就大了一圈：连长已做了那股敌人的俘虏！

其实，那股敌人只剩下五个了。但连长的双腿受了重伤，已经无法站起来了，最要命的是，他在关键时刻打光了子弹。

由于山上地势险峻，来子目前埋伏的位置比连长所在的位置高一人还多，只要他一个扫射打过去，剩下的几个敌人只能干等着挨枪子儿。可来子怕开枪伤着连长，就求救般叫了一声：连长！

这一声喊，吓得五个敌兵“扑扑通通”全趴在了地上。可他们弄清来子站在比他们高一人多的位置上时，就明白趴着也躲不过子弹，于是又连滚带爬地围到了连长的身边。那个瘦猴子样的军官用刺刀捅了一下连长，尖着嗓子喊：妈的！快叫你的人把枪放下投降，不然老子先挑了你！另外几个家伙因有人质在手，也放大了胆子，都翘起头来，把刺刀逼到了连长的胸前。

此刻，解放军的大部队已来到了东面的山脚下，而国民党的大部队也已来到了西面的山脚下，形势已很明显：无论哪一方，只要有一个人守在阵地上，另一方的部队就会受阻，而守方部队就会抢先登上山顶，占据整个无名高地的制高点。无名高地是控制山下一个交通要道的理想位置，可以说一夫当关，万夫莫开。

来子才入伍不久，当然不明白无名高地的重大战略意义，但他懂得，拼上这么多人的性命坚守这个山头，这个山头就一定很有用。他翘着脑袋，把枪口对准下方的几个敌人，晃来晃去，换了很多角度，都觉得没有把握绕开连长。来子后脊背都被冷汗浸透了，心里像有无数只小爪子在挠，他觉得自己快要疯了！

来子！不用管我，快开枪吧！咱们就要胜利了！来子听到了连长兴奋的喊声，他有点委屈地说：我怕打着你呀！

瘦猴子军官冲来子说：你他妈的开枪吧，老子先杀了你的首长！

来子露了露头，顿时引来了一梭子子弹，他赶紧缩了回去。

来子，快开枪，晚了就前功尽弃了！弟兄们的鲜血就白流了！

来子缩着脑袋想：怎么着也不能开枪，一开枪就等于把连长也打死了。

双方僵持了片刻，两面的部队都已接近半山腰了，来子心里的小爪子越挠越快，冷汗已经爬上了额头，又顺着脸颊淌进了嘴里，他舔了舔，咸咸的。

来子！你个狗日的来子！你到底是不是你爹的种？是你爹的种就快开枪！连长居然骂人了。

来子想：你就是骂我十八辈祖宗我也不开枪，我还欠你两条命哩。

两面的部队离山顶越来越近了。双方都吹响了嘹亮的冲锋号。

来子！你这个狗杂种！你不是想给你爹报仇吗？我就是杀你爹的那个人啊！

连长的声音似一阵惊雷滚过来子的头顶，他只觉得全身的血忽地一下沸腾起来！一瞬间他想起了连长那曾经有过的目光。来子握紧了手中的机枪，“蹭”地站了起来，正想扫射，却猛然呆住了。

遍身血迹的连长斜躺在一块岩石上，目光镇静，一缕鲜血正缓慢地流过他那憔悴的脸，在夕阳的映照下，惨烈而悲壮。来子被深深触动了。刹那间，他的脑海中浮现出了连长在投弹时抢救他的一幕，他心一软，枪口无力地垂了下来。

来子,我杀了你爹!把你爹的肠子都挑出来了!狗日的,赶快报仇吧!连长忽然怒目圆睁,又大骂起来。

一股怒火在来子的胸中“腾”地燃着了,蓦地他又想起了刚死不久的娘,想起了自己那泡了汤的媳妇,这一切灾难都是眼前这个人一手造成的,他胸中的小爪子越来越多,越抓越快,已经变成了一团火,火越烧越旺越烧越旺,烧得他疯狂地大叫了一声,扣动了扳机,一梭子弹急射而出……

连长,还有那五个敌兵,随着枪声都在原地扭动了几下,就一动不动了。整个阵地上突然安静了下来,来子怀抱机枪,呆若木鸡般站立在硝烟弥漫的山顶上……

惊醒来子的是骤然而起的冲锋号声。他激灵一下醒过神来,发泄般向西面山下扫射起来……在来子的奋力阻击下,解放军抢先占领了无名高地,取得了这次战斗的最后胜利。

来子受到了师里的表彰奖励,并破格被直接提拔成副连长。一时间,来子成了人人羡慕的英雄人物,走到哪里都是一片赞许的目光。这使他很快就打消了报完仇就回家的念头,一心一意跟随了这支队伍。

故事至此本应结束了。但接下来发生了一件怪事,使来子的命运有了重大的变化。

那是一次大战之后,来子在清点俘虏时,意外地发现了自己“死”去多年的爹。爹夹在一群着装破烂的俘虏之中,乱草般的头发已大半花白。他低着头,机械地随着人群挪动着脚步,沮丧得如同当年面对颗粒不收的土地。

那一刻,来子全身中弹般剧烈地震动了一下,眼泪夺眶而出。他往前紧走了几步,想扑在爹的怀里大哭一场。可他最终收住了脚步,眼睁睁地看着爹和其他俘虏一起从身边走过,连他自己也说不清楚为什么。爹“死”后他信誓旦旦地要为爹报仇,现在爹突然出现在面前,他却没有了相认的念头。此时,来子的心“轰”然一声爆碎了,血水弥漫了他的五脏六腑……

来子失踪是在一个早晨。来子穿过的军官服整整齐齐地码在床头上,用过的手枪压在军装上。来子没留下一个字，就这样悄无声息地走了。起初，他所在连队的首长以为他回了老家，派了人去找，村里人都说没见他回来过。几年后，全国就解放了，但来子仍然没有回生他养他的那个村子。来子就像在人间蒸发了一样，自此杳无音信。

2005 年春天，我在沂蒙山区采风，在蒙山的一个偏僻山村里，偶然邂逅了当年的来子时，来子已经是 80 高龄的老人了。来子老人是从我浓重的鲁北乡音中确认我们的老乡关系的。他悄悄地度过了大半生的这个极其偏僻的山村，是他当年的连长的老家。在这里，他先后把连长的父母养老送终，并平静地度过了大半个世纪。听完老人的故事，我带着疑点问：当年，既然您的父亲并没有死，那么，关于麻五说的他被人用刺刀挑死的事情，究竟是怎么一回事呢？

老人半晌无语，直到我告辞时，他才颤巍巍地拉住我的手，用忧伤的语调告诉了我事情的真相：当年，来子离开部队后，悄悄回了村，并在一个深夜潜入麻老五的家中。在死亡的威胁下，麻老五招了：他被抓走后，根本就没再和来子爹见过面。当他死里逃生回村后，得知来子爹没回来，以为他肯定是死在了某个战场上，就萌生了让来子娘改嫁他的念头，他一直暗恋着来子的母亲……没想到的是，来子娘不知怎么竟然听到了这个虚假的“噩耗”，当天就走了……

土　匪

钱从善是镇上的首富，树大了就是容易招风。但钱从善为人低调，又乐善好施，多年来无论生意上的铺面还是家里，倒也平安无事。

民国二十一年夏，钱从善给 80 岁的老母亲大办寿宴，邀请了上百名亲朋好友前来赴宴。一时间，钱府鼓乐齐鸣，人来人往，热闹非凡。这一忙乱，钱从善最小的儿子钱途无人看管，起初在门口玩耍，后来离家门渐远，竟被土匪骗到郊外，绑走了。土匪留下了一封信，只有十几个字：三天后，带 3000 个大洋到蜈蚣岭下赎人。

钱途刚刚 8 岁，那是钱从善最疼爱的一个儿子，也是钱从善老母亲的命根子。

镇长早早得了信儿，带着几个警察进了钱家大院。镇长想提前设好伏兵，乘土匪收钱时，将他们一并拿获。

蜈蚣岭的大当家索神枪，是这一带最为冷酷狠毒的土匪头子，做过很多灭门的惨案。官府曾经多次组织围剿，但每次攻上山去，土匪们都跑得一干二净，连个人毛也抓不着。

钱从善脸儿吓得惨白：不行不行，这万一有个闪失，我们一家人还怎么活？

镇长一拍桌子：那就治你个通匪！

正在上茶的下人魏五子吓得一哆嗦，茶杯盖掉在地上，碎了。

同时，钱从善的脸上一下就盈满了汗珠子。

第三天的一大早，钱从善带着两个伙计，担着大洋，向蜈蚣岭出发了。正午时分，主仆三人到了蜈蚣岭山下。六月的天气，已经很热了，再加上赶了这么远的山路，三个人都有些筋疲力尽了。钱从善哪受过这么大的罪，就吩咐休息一下再上山。

主仆三人找了个凉快的地方刚刚坐下，一个伙计忽然指着路边的一棵树问：老爷，你看那是什么？

那是一棵歪脖子野枣树，树上赫然吊着一个人，确切地说，是一个孩子。

钱从善几步扑过去，看了看孩子的脸，身子一软，就什么也不知道了。

回来后的钱从善首先想到的是，这事儿得瞒住老太太，她若知道，那真是要了命了。无奈，老太太一天不见小孙子，就茶饭不思。钱从善就编了个瞎话，说是他姑来给老太太祝寿时，临走把他带走了，过些日子才能回。总算蒙过了一时。

悄悄把儿子掩埋了后，钱从善还犹在梦中，他百思不得其解，土匪绑票是为了谋钱，可自个儿已经把钱备好了，镇长这里也打点了钱，不让他掺和了，土匪为什么会放弃白花花的3000大洋不要，非得撕票呢？

这时，管家进来报告了一件事情，府内干勤杂的下人魏五子不见了，因这几天办少爷的后事，没顾得上说。

钱从善正痛不欲生，哪有心情理会这些小事儿，有气无力地说了一声：知道了。

第二天一早，魏五子的尸体出现在了钱府的大门口。尸体的口袋里还放着一封信。

这封信很快就被送到了钱从善的手里。钱从善哆哆嗦嗦地将信打开，信上是几行粗犷的大字：

钱大老爷：

贵府下人魏五子本为蜈蚣岭的眼线，这次却给山上假传情报，误了大事。经其他眼线查证，钱老爷那天去蜈蚣岭并未带兵设伏，山上误听了魏五子的话，不但白白丢失了3000个大洋，还坏了行规，害了贵府少爷的性命，为示惩戒，杀了他为钱家少爷偿命、谢罪！

蜈蚣岭索神枪

民国二十一年六月

钱从善看到这里，忽然想起那天镇长带人来时，魏五子不小心摔了茶壶盖的事儿，气急而泣道：魏五子虽传错了信儿，但始作俑者，却是成事不足、败事有余的镇长呀！

半年之后，一个月黑风高之夜，十几个土匪潜入钱家大院，把几个看家的护院都绑了，把钱家老少十几口全部赶到了堂屋里。

面对着十几支黑洞洞的枪口，钱从善却笑容满面，他冲为首的一个瘦高个子拱了拱手问：这位好汉，能否报个名号来？

那瘦高个子面无表情地报出六个字：蜈蚣岭索神枪。

钱从善面色一凛，不由后退了一步。本已经吓得体如筛糠的女眷们，顿时失声哭了出来。

钱从善稳了稳心神，又上前一步，抱了抱拳问：请教索当家的，您这次光临寒舍，是图财？还是要命？

索神枪仍然是面色如霜，他冷冷地说：那要看咱的心情了。

钱从善暗暗松了一口气，他问旁边的管家，账上有多少现银？

管家支支吾吾，面露难色。

钱从善说，要说实话，索当家的带这么多弟兄深夜来访，辛苦得很呀！

管家这才小声说：有1000多个大洋吧，全是支付日常用度的。

索神枪不动声色。

钱从善问：这么少呀？几家铺子交上来的钱呢？

管家诧异地看了钱从善一眼，见钱从善神色安然，并无暗示之意，只得从实说了:全加在一起,有 5000 多吧,老爷,这可是咱全部的活泛钱了。

钱从善说:还愣着干什么?还不全打点好了,让索当家的带着。

索神枪的脸上这才露出淡淡的笑,他一挥手,手下的小匪们就把枪都收了。

待土匪们将大洋收了,准备离开时,钱从善说:慢。

索神枪惊疑地回过了头,目光冰冷。

钱从善说:今晚索当家的带回去的,不过是在下理应奉上的,在下另有一件小小的礼物,是想高攀索当家的这位英雄,日后盼望照应。

说着话,钱从善双手端着一个精巧的木匣子,走到索神枪面前,双手呈上。

索神枪冲身边使一个眼色,旁边就有小匪接过盒子,轻轻打开。

是黄金!六条!当家的,我们发财了!小匪忍不住叫了出来。

索神枪斜眼看了一下那木匣里的东西,冲钱从善拱了拱手说:多谢钱掌柜了,小弟发誓,终生不再踏入贵府半步!

钱从善道:在下不是那个意思,如今兵荒马乱的,若能交上索当家这样的英雄,日后也好有个靠山呀!

索神枪哈哈大笑着走出钱家大院。

索神枪刚走,钱家大太太就带着哭声问:他们都要走了,你干啥还把金条拿出来呀!

钱从善笑笑,破财免灾呀!

这一年中秋节的前一天,钱从善带着十几个伙计,挑着整猪整羊,几篓鲜鱼,还有几十坛上好的女儿红,送到了索神枪盘踞的蜈蚣岭上。小匪们前后观望半天,确认没有官兵跟随后,才放下吊桥,打开寨门,将他们放了进去。

索神枪哈哈大笑着迎了出来,与钱从善寒暄后,他转身吩咐小匪:弟兄们跑这么远的山路来送酒肉,辛苦了,每人赏两碗酒!

小匪们手脚麻利地将钱从善带来的几十坛酒全部打开,顿时酒香满院。

几十个碗放在石桌上，有几个小匪开始倒酒，从每一个坛子里都倒出了一碗酒，然后，一一端到钱从善带来的伙计们面前。伙计们走了几十里山路，又渴又累，都端起来喝了，边喝边咂嘴，好酒，真是好酒呀。馋得旁边的小匪们直咽唾沫。

伙计们喝完，个个神清气爽，面色红润。

索神枪这才把钱从善一行往石砌的大堂内请。

钱从善却原地没动，他眉头紧皱，面色灰白。索神枪问：钱掌柜这是怎么了？

钱从善这才叹了一口气说：在下本想高攀索当家的，找个有实力的靠山，看来，是高攀不起呀！告辞了！说罢，转身就走。

索神枪一把将他拽住，笑道：钱大掌柜莫生气，小弟赔罪了！

拉拉扯扯的，就进了大堂。索神枪吩咐设宴，然后对钱从善说：钱大掌柜，咱这也是没办法呀，仇家太多，万一酒里掺点儿东西，咱这吃饭的家伙不就没了。

钱从善也就借坡下驴，露出了笑模样儿。

酒足饭饱，钱从善告辞之际，对索神枪说：索当家的，今后逢年过节，不必让弟兄们下山采办酒肉了，万一撞上衙门里的人，不方便。

这一年的春节，第二年的端午，钱从善都亲自带人给索神枪送了丰厚的礼品。

一来二去，钱从善通匪的消息就在镇子里悄悄传开了。

镇长就登了钱从善的门，兴师问罪。

钱从善不冷不热地说：我花自个儿的钱，保一方平安，有罪吗？

镇长一时语塞。

钱从善又说：你若能保证土匪不来抢劫杀人，我一个平头百姓，犯得上给土匪上贡吗？

镇长就火了：你通匪不算，还敢顶撞官府，带走带走！

钱从善被带到镇公所，关了三天禁闭，缴了200个大洋的罚款，才被放出来。

转眼间，又到了中秋节。八月十四这天中午，钱从善又带着大宗的酒肉礼品登上了蜈蚣岭。

早有在寨墙上登高望风的小匪通报了索神枪，索神枪亲自到寨外迎接，见面就说：钱大掌柜，听说你被那狗日的镇长关了禁闭，咱正想带弟兄们下山砍他的狗头呢。

钱从善摆摆手说：万万使不得，在下是生意人，万万不敢和官家结仇。

酒宴摆开，钱从善将 1000 个大洋亲自送到索神枪手里，另外吩咐带来的伙计，给山寨上的所有人每人 10 块“过节费”。这一下，上至索神枪，下至小匪，人人笑逐颜开，真有了过节的气氛。酒，一坛坛地打开，由钱从善带来的伙计们一桌桌挨着倒酒，小匪们高兴，喝得非常痛快。喝到午后申时，大多数人都喝醉了，地上横七竖八地躺满了人。钱从善见索神枪也喝多了，就拱手告辞，索神枪却一动不动地瘫在了椅子上。钱从善使了个眼色，就有两个伙计麻利地将索神枪捆了个结结实实。

索神枪睁开了一双牛眼，怒视着钱从善：姓钱的，你想干什么！

钱从善不错眼珠地看着他，一句话也不说。

索神枪一跺脚：咳！他娘的！咱算是双眼瞎了一对呀！

钱从善黯然道：索当家的，我钱某人对于钱财，从不吝啬，可你，不该杀了我的儿子呀！

索神枪道：咱不是已经让人给你偿过命了？

钱从善转过身去，背对着他说：犬子虽不才，那命又岂是魏五子所能偿的？我那 80 岁的老母，几天后知道了信儿，当场就背过气去，一命归西了！你说，这条命由谁来偿！言罢，转过身来，老泪纵横。

索神枪慢慢地把眼睛闭上，重重地叹了一口气说：罢了罢了！早晚会有这么一天的，能成全了钱大掌柜，也算值了！

寨门上的几个小匪，还没明白怎么回事儿，就被伙计们从背后干掉了。“伙计们”都脱下长袍，露出了里面的警察制服，他们降下吊桥，打开寨门，几十个全副武装的警察，在镇长的带领下冲了进来。

所有土匪无一漏网，还缴获了一大堆武器弹药、大洋、金银珠宝。

镇长不住地给钱从善打躬作揖：谢谢钱大掌柜的通力支持，谢谢……

钱从善淡淡地一笑：谢就不必了，只要把在下用于此事的金条、大洋如数退还，在下就感激不尽了。

镇长脸上的笑忽然就消失了，镇长严肃地说：凡从土匪窝里缴获的，全为赃银，理应上缴官府，大洋上又没刻你的名字，哪个晓得是你的大洋！

钱从善怔了一下，从心底暗暗叹了口气，唉，原来这官匪，比土匪还要贪婪呀。

百年魔咒

柳四爷一看这满桌子黄澄澄的金子，就知道自己的死期到了，不由得心里一阵悲凉：自己刚刚四十过五，怎么就摊上了这档子事呢？

柳四爷是今儿一大早被几个小匪从被窝里掳来的，说是给他们卧虎山大当家的干点儿活去。柳四爷心里虽然害怕，但知道也不至于送命。前年，卧虎山的压寨夫人生孩子，就是从柳四爷的村子里请的接生婆，听人说，那接生婆不但毫发未伤，临回，还是被轿子抬下山的，还带回了成匹的绫罗绸缎。

柳四爷是当地有名的金匠，他原以为，土匪让他上山，无非是给女人打个钗呀坠呀项链呀，或给匪崽子打个项圈金锁什么的，他做梦也想不到，摆到面前的，竟是这么一大堆的黄金。这些黄金全是成品，除了女人孩子佩戴的金首饰外，还有金佛、金香炉、金碗等等，五花八门，一看就不是正路上来的。

卧虎山大当家的绰号“下山虎”，黑脸，长一脸大胡子，虎背熊腰，说话声音不高，但掷地有声，他盯着柳四爷的眼睛说：柳四爷，今儿咱要辛苦你了，这些金货，要全溶了，打成一般大小的金条。

说着，将一根沉甸甸的金条扔在了柳四爷面前的石桌子上，金条发出一声脆响，然后剧烈抖动着，发出嗡嗡的鸣响，少顷，才安静下来。随着那鸣响，柳四爷全身剧烈地颤抖起来。

柳四爷开始磨磨蹭蹭地支炉、起火、溶金。他明白，金条打完之日，就是自己离开人世之时。金匠行里，只要谁接了大活儿，在世的日子就要按天数了，活儿干完，人必死无疑。这是金匠行不成文的战地情节，已经被很多同行前辈验证过多次了，根本无一幸免。柳四爷的父亲，是给县衙门接走的，那一年，他的父亲已经年近六十。柳老爷子在县衙门待了七天后，就被送了回来。接走的是活生生的人，送回来的，却是一具僵硬的尸体，说是中毒身亡。当然，和尸体一同被送回来的，还有一份厚礼。柳四爷的师叔，是被县龙盛商行的朱老板派人接走的，在那里整整待了十天。后来，就有人回来报信，说是他忽然得了失心疯，自己跳崖摔死了，连尸体都没找到，估计是让野物儿给祸害了。最后，龙盛商行赔了一大笔钱，这件事也就了了。

“下山虎”每天都要来柳四爷干活的山洞里看几眼，见柳四爷干得很慢，也不催促，临走说一句：你尽管慢慢干，咱不急。

尽管柳四爷干得很慢，但到了十五天上，还是把金条全部打成了。几百根金光闪闪的条子整齐地码在石桌子上，煞是灿烂。

“下山虎”看了看这些金条，又看了看柳四爷，笑了，柳四爷，真是名不虚传哪！来人！

柳四爷的脸当即就白了。

却见一个小匪，手托着一个木头托盘呈了上来，托盘上面平展展地铺着一块红布,红布上面摞着高高的两摞子大洋,足有100块。

柳四爷疑惑又胆怯地看了"下山虎"一眼,不知他葫芦里卖的什么药,没敢接。

"下山虎"亲自用红布把那大洋包了,递给柳四爷,并笑道:柳四爷活儿干得地道,咱这当土匪的也讲究讲究,一点儿小意思,请笑纳吧。

柳四爷迟疑地将大洋接了,仍然不敢相信这是真的,就颤颤地叫了一声:"大当家",我……

"下山虎"忽然就明白了,哈哈大笑道:柳四爷是吓坏了吧,咱这里没那些丧良心的破烂规矩,山下的有钱人,无论官商,都有见不得人的鬼勾当,怕露馅儿,咱是他娘的土匪,咱连官兵都不怕,难道还怕有人听了信儿,上山来抢咱的金条不成!

言罢,仰天一阵狂笑。

柳四爷这才明白自己确确实实是捡了条命,当即谢过"下山虎",就急匆匆地往山下奔去。

"过山虎"在后面喊:不用跑这么急,咱是大老爷们,说过了的话,不会反悔的。

柳四爷好像没有听见,仍然急匆匆地向山下跑,逃命般。

下了山,在进镇子的路口,正遇上赶脚的陈二狗。柳四爷说:陈二,快扶我上驴。

陈二狗一边将柳四爷扶上自己的毛驴,一边说:唉,柳四爷今儿怎么豁出去了,舍得雇驴了?

柳四爷说:少说没用的,快送我回家。说完,就双手捂胸,趴在了驴背上。

陈二狗见事儿不妙,以为他病了,就紧抽了几鞭子,小毛驴得得得地快跑起来,不消一刻,将柳四爷送到了家。

柳四爷进门一看,院子里正有人给一口棺材上漆,而他的女人孩子,都已经披麻戴孝了。

众人见了他,先是一惊,后都纷纷围上来问:四爷,你竟回来了!你怎么活着回来了……

柳四爷双手分开众人,进了屋,往炕上一躺就对女人说,快把人都赶走,关门落锁。

等屋子里就剩下自家人时,柳四爷黯然说:我以为这一去必死无疑了,谁知,那“下山虎”竟放了我。

女人和孩子们围在他面前,都一脸的惊喜。

柳四爷叹一口气,眼泪便下来了。他哽咽着说:可是,我还是没命活,我、我不该在最后的一天,吞了一大块黄金呀——

言罢,口中狂喷鲜血,气绝而亡。

屋门发出一声大响,闯进来四个短打扮、持短枪的小匪,为首一人走上前来,对女人说:奉大当家之命,一来吊唁,二来取回山上的东西。

言罢,那小匪持一把牛耳尖刀,在柳四爷的腹部插入,一旋,一挑,一块小孩拳头大、沾满鲜血的金块,就跳到他的手上。

女人和孩子们都吓傻了,一声都没吭,一动都没动。

那持刀的小匪一招手,几个人同时消失了。

英雄之死

小来刚刚学会打枪,他所在的连就接到一项命令,要星夜行军 100 多里,去抢占一个无名高地,并要坚守到大部队的到来。

战斗打得异常残酷。敌人动用了一个团的兵力,在五门迫击炮的掩护下，疯狂地向无名高地扑上来！

连长很沉着地指挥着全连战士打退了敌人的十几次冲锋。敌人对无名高地势在必得，死一批上一批，丝毫不给我方喘息的机会。

战斗一开始，小来很害怕，躲在掩体里不敢露头。后来连长过来照他腚上狠踹了一脚，他才战战兢兢地探出半个脑袋，手忙脚乱地向山下放起枪来。小来对连长又敬又怕，因为连长是他的救命恩人。小来的爹是一个小镇上的酒馆老板，不知怎么得罪了当地的土匪，土匪就绑了小来的“票”，正在山里“撕票”时，恰巧让带兵路过的连长遇上，救了小来，小来就当了兵。

小来想反正我这条命是连长救的，大不了再饶进去。小来就忘记了害怕，勇敢起来。

“轰”的一声，一颗炮弹在离小来不远的地方爆炸了，小来被震得昏了过去。

不知过了多久，小来才懵懵懂懂地醒过来。

小来睁开眼，看到的场面几乎使他再次昏过去。

连长已做了敌人的俘虏，双手被反剪着捆在一起。五个敌兵围着他坐成一圈，正在休息。小来定了定神环顾左右，见到处是血淋淋的尸体，活着的除自己外，竟只剩下连长和五个敌兵了。

此刻，小来所处的位置比连长和敌兵们所在的位置高两人还多，小来只要一个扫射打过去，幸存的几个敌人根本无处躲藏，只能等死。而敌人无论如何也打不着小来。可小来没有经验，他怕伤了连长，就很无奈地喊了声：“连长！”

这一声喊，吓得五个敌兵“扑通扑通”全趴在了地上，可他们一弄清小来在他们头上的大岩石上，明白趴着也躲不过子弹，就一齐滚到连长身边。其中一个瘦猴模样的敌兵用枪刺捅了一下斜躺在地上的连长，尖着嗓子喊：“妈的！快叫你的人缴枪投降，不然老子先挑了你！”

连长听到小来的声音后，猛地抬起沾满鲜血的头，黯淡的眸子里放出异彩，他大声喊：“小来！快开枪！咱们马上就胜利了！”小来听连长的声音里仍充满威严，像刚才指挥战斗一样。小来便说：“连长，我怕打着你啊！”连长便急：“别管我！快开枪！”

这时，无名高地下响起了冲锋号。解放军的大部队已来到东面的山脚下，而敌军的大部队也已到了西面的山脚下。战势已很明显，两方的胜负系于一线，无论哪一方，只要有一个人守在阵地上，另一方的大部队必会受阻，守方的大部队就能捷足先登，占领无名高地。

小来虽才入伍不久，但也明白拼上这么多人抢这个秃山头，这个秃山头就一定很重要。可他想起连长的救命之恩，怎么也不忍心开枪。

双方僵持片刻，东西两面的军队已接近半山腰了。小来抱着枪干着急。

“小来！胜败在此一举！快开枪啊！”连长的喊声雷一般在山野间回荡。

小来本来是抱着机枪，左手扳在扳机上的，听了连长的呐喊后一激灵，“突突突……”子弹便射了出去。

连长的前胸被子弹打出一串血洞，当即就一动不动了，还有三名敌兵也同时被打死。另外两名敌兵站起来想跑，小来疯了般跳出掩体，一梭子子弹喷过去，两个敌兵同时跳了一下，扑倒在地上。

小来哭叫了声：“连长！”然后将机枪对准了西面半山腰上的敌人，疯狂地扫射起来……

这次战斗胜利结束后，小来被破格提拔为连长，并被授予“全师战斗英雄”的称号。这个团的团长亲自召见了小来，拍着小来的肩膀说：“后天师里召开表彰大会，你要在会上讲一讲你的英雄事迹。”

小来流着泪说：“团长，连长才是真正的英雄，我们全连战士都是英雄，就我不是。”

团长严肃地说：“这次战斗最终起重要作用的是你，你就是英雄，这是师里决定的。你准备一下，明天就跟我走！”

第二天一早，有人向团长报告：小来昨天晚上用刺刀自杀了。

第 三 辑

武 侠 篇

刀客传 / 断臂 / 归隐 / 杀手之王 / 宿仇

刀 客 传

杰子 20 岁上,就是中原一带所向披靡的著名刀客了。

刀客是一个不好妄下定义的职业。一般意义上的刀客,是浪迹天涯的江洋大盗和土匪,还有的兼作杀手,当然,其中也不乏行侠仗义的侠义之士。但,他们最统一、最基本的特征是:手中的武器都是刀。

刀客都是独来独往的独角大侠,所以,想成为一名刀客,没有八年以上的造诣是难以立足的。而一名出类拔萃的刀客,至少需要十五年以上的功夫。因此,在刀客这个特殊的行业圈里,多少有点儿名气的,大约都在 30 岁以上,再出色点儿的,在 40 岁左右。30 岁以前能引起注意的可谓凤毛麟角。而 20 岁的杰子,之所以年纪轻轻就成为中原第一刀客,除了他具备一般刀客所必须具备的先天素质之外,还源于他和刀之间那种与生俱来的渊源。

杰子的父辈以打柴为生。

杰子在五六岁的时候,就经常拿着一把父亲废弃的柴刀帮助父亲肢解运回家的大柴。七八岁的时候,父亲给了他一把柴刀,他就能像猴子一样爬到树上砍柴了。他十分喜爱、甚至是酷爱打柴这个职业。因为他喜欢柴刀,除了吃饭、睡觉,他的右手里时刻都握着一把柴刀。久之,他的右手骨骼奇大,整只右手也比左手大了一圈、厚了三分。走在砍柴的路上,他往往是肩上背着绳子,手里就把玩着那把柴刀,时而朝虚空里猛砍几下,时而让刀在自己的手掌里滴溜溜地打转。渐渐地,他与刀结下了不解之缘,他甚至觉得自己来到这个世上就是为了这把柴刀。刀好呵！它有一尺多长，前刃像个鼻子一样向外突着，但突得恰到好处；刀背有半寸厚，这使刀在抡起来后特别有力度；刀把是枣木的，原本十分坚硬，还有点儿硌手，但已经被长年累月的汗水反复浸透后变得润而不涩，滑而不溜。他只要握住这把柴刀，心中就升腾起一种无以名状的自信。无论多么粗的树干，一刀挥去，刀至木断，极其利落，一点儿拖泥带水的迹象也没有。

杰子是在 12 岁那年被老刀客穆青云收为弟子的。穆青云是大刀王五的师弟，原在京城的“威远镖局”当镖师。“戊戌变法”失败后，王五因参与过维新活动，受到牵连，被清政府捕杀。穆青云又受到王五的牵连，被作为王五的同党通缉。无奈之下，穆青云便远离京城，更名换姓，做了一名刀客。穆青云一生罕逢敌手，但因长年漂泊居无定所，一直没有收过弟子。穆青云是在杰子砍柴时发现了这个刀客奇才的。他见那把在普通孩子手中还显沉重的柴刀，在杰子手中却如玩物般随心所欲，收发自如，一瞬间竟激动得浑身颤抖起来，这是一个天下难寻的传人呵！

穆青云就在杰子的家里住了下来。

穆青云使的是一把鬼头刀，他给杰子也打了一把一模一样的鬼头刀，就开始传授杰子刀法。

一晃八年过去了。穆青云已将自己的刀法悉数传授给了杰子，杰子也由一个 12 岁的儿童长成了 20 岁的青年。

准确点说，穆青云是杰子气死的。

穆青云做梦也没有想到，他认准了天资甚高的杰子，在刀术上竟是个弱智。他已经将穆青云的刀法全部学到手，但却只具其形，难有其神。对于心法口诀，也背得滚瓜烂熟，但就是悟性太差，用一句现代的话说，就是不能理论联系实际。杰子是穆青云一生唯一的一名弟子，也是关门弟子。穆青云将所有的希望都寄托在了他的身上，没想到到头来却是一个庸才。年事已高的穆青云就在悲观失望的消沉情绪中染上了重疾，自此一病不起，数月后就不治而亡。临终前，他老泪纵横，对跪在炕前的杰子再三嘱咐，让他今后仍承祖业，打柴为生，千万别做刀客，他不是吃这碗饭的材料，弄不好一出道便会死于非命。杰子含泪点了点头，然后倾其所有，在山上寻一树木茂盛之地厚葬了恩师。

杰子为恩师守灵三日后，准备第四天一早就上山砍柴。

就在这天夜里，十几个杀手找上门来。

无疑，来的都是穆青云的仇家。穆青云在世时，他们就打听到了他的下落，只是不敢来送死。现在穆青云已经驾鹤西去，他们才找上门来，要杰子领他们去山上找穆青云的坟墓，他们要鞭尸泄愤。

杰子看了看在面前一字排开的十几个汉子，从墙上摘下了师父为他打造的那把鬼头大刀。

“铛”的一声脆响！杰子还没看清来人的模样，刀就脱手而飞！

杰子木然呆在了那儿。

哈哈哈！狂妄的嘲笑声惊飞了树上的夜鸟，天空中响起一片翅膀扇动空气的慌乱声。

夜刹时冷了几分，黑了几分。

一把比夜更寒冷的刀横在了杰子的脖子上。随后有一只脚跟过来，踹在了他的胸口上。杰子仰面朝天从院子里摔到屋内，脑袋磕在了一件凉冰冰的物件上。杰子眨了眨眼，随手一摸，竟是那把久违了的柴刀。顿时，杰子的心热了起来，全身的血也热了起来，一种奇妙的感觉从杰子握刀的手上传遍了全身。杰子“忽”地站了起来！他试着挥了挥手中的柴刀，竟说不出的得心应手。一瞬间，杰子感觉自己和手中的这把柴刀已经血脉相通了，就像一脉相承的父子般亲切、熨帖，他的整个身子也变得轻盈起来。

杰子迈出屋门，看了看院内十几条黑影和十几把寒光闪闪的钢刀，冷笑了一声，右臂一挥，整个身子跟随着手中的柴刀旋转起来，像一股风，不！更像一个幽灵，快捷无比又无声无息地欺了上去……

杰子睁开紧闭的双眼，扫视了一遍院中的十几具尸体，将血淋淋的柴刀紧紧地、紧紧地抱在了怀中。

天空中忽然出现了无数只飞翔的翅膀，扑扑啦啦，把夜搅得浑浊了。

一夜之间，杰子就成了一名刀客。在那个不同寻常的夜晚，他无意中将师父传授他的刀法用柴刀施展起来，竟收到了奇特的功效。杰子便开始有意识地将师父的刀法融到柴刀中，从而获得了一种与柴刀息息相通的奇妙感觉，刀，已经成为了杰子躯体的一部分。

杰子就用这把柴刀，做了一名刀客。但他从不滥杀无辜。在很多时候，杰子更像一名侠客，他不但杀富济贫，还解决了很多武林人士没有解决的问题。连一贯横行江湖、无人能降服的采花大盗“刀煞”白如云也丧生在他的刀下。至于什么“江北四恶”“中原七雄”之类的江湖祸害死在他刀下的更是不计其数。

杰子的名声就像长了翅膀的鸟，越飞越远。

闲暇时，杰子仍然打柴，只是打下的柴不再用来卖钱，而是随便舍弃在树下，任其他打柴人捡走。其实，杰子打柴并不是为了柴，只是为了那把柴刀，他怕把他的刀饿坏了。

杰子很快用自己的这把柴刀奠定了“中原第一刀”的地位。他纵横中原20年了，仍然没有遇到过对手。40岁的杰子名声和体魄都如日中天，而他那把柴刀却老成了一弯月牙。但20年的相依为命，这把柴刀更加深入到杰子的骨髓里，杰子只要握住这把柴刀，心里就会有一种踏踏实实的感觉，无论面对多么强大的敌人，杰子都充满了必胜的信心。有这把柴刀在，再多的敌人也只是一丛丛的草芥。

江湖上出现了一种叫作“枪”的武器。它的发射速度、距离和杀伤力是任何暗器都不能与之相比的。远远地，只要对准敌人扣动扳机，对方就会应声栽倒。多么神奇的武器呀！

刀客们纷纷想尽办法搞枪，然后日以继夜地练习枪法。在不算太长的一段时间里，很多刀客都摇身一变成了枪手（也叫炮手）。

杰子也拥有了一支“枪”，它有二斤多重，通体湛蓝，可以连发20发。后来杰子才知道，这支枪名叫“驳壳枪”，俗称“20响”，是当时较为先进的一种短枪，在短枪里，它还是射程最远、连发最多的一种。

但杰子却从不用这支驳壳枪。杰子有柴刀在手，就足够了，甚至面对这种“枪”，他也自信能用柴刀取胜。杰子的这种自信决不是狂妄自大，他得到这支枪的过程本身就是一个很好的见证。

那是一个大雪弥漫的冬天。

杰子去取侯八的脑袋。侯八早年也是一名刀客，使一把弯刀，刀法很刁钻古怪，一般的高手还真奈何不了他。刀客中的高手，有部分是做杀手的，侯八就是。做杀手的刀客最忌讳的就是颠倒雇主，而侯八偏偏就常常犯忌：他拿了张三的钱去杀李四，如李四肯出同等的价钱，他杀了李四后，再反过头来帮李四报仇杀了张三。如果李四肯出双倍以上的价钱，他便放过李四，反过来只杀张三。如是再三，再也无人敢用他杀人。侯八也不留恋刀客生涯，很快就转了行，干上了人贩子这个勾当，专门收购被骗子骗来的未成年少女，稍加驯化后卖到窑子里。很多人要买侯八的脑袋。此后的许多年里，很多人雇了杀手来取他的脑袋，但来者不是被他游说得反过去再杀雇主，就是被他所杀。这种事发生了几次之后，就没人敢打他的主意了。不过，被侯八反过来杀雇主的那几名刀客，再也没在江湖上露过脸儿。因为他们违背了行规，即使不被仇家所杀，也会被同行清除出行。再说了，一个杀手，只要有一次“反水”的经历，那是任何人万万都不敢再用的了。

杰子要杀侯八的心，已蓄了十几年了。但侯八对杰子一直很警惕，杰子多次精心设计的计划都最终落空。这一次，杰子又听到确切消息，知道侯八从关外拐来十几名姑娘，不顾天寒地冷，大雪弥漫，马不停蹄地运回中原。

杰子是在丁家镇的“风来酒楼”堵住侯八的。那时，侯八已连续跋涉了数百里，在酒店里打尖。杰子透过窗子确认侯八就在这家酒店后，就在离酒店不远的一棵银杏树下站着，耐心地听着侯八和手下人喝五吆六行酒令的声音。他知道，这是侯八活在世上的最后一天了，应该让他乐一乐。这时，风雪正紧，北风狼嗥般在镇街上打着旋子，搅得些许枯叶随风飘荡。一搂多粗的银杏树也被吹得“瑟瑟”抖动，偶尔有一二枯枝脆响着落入尘埃。

天擦黑时，侯八等人才酒足饭饱，相拥着出了酒楼，看样子是要找客栈在这里休息。这时，杰子已在风雪中站了两个多时辰了，身上已经积了厚厚的一层雪，像一个雪人了。但杰子的脸上没有一片雪花，所以当杰子呼喊侯八时，侯八一眼就认出了杰子，侯八的酒立即就醒了。

侯八一挥手，十几个汉子就围在了杰子周围。

杰子说：你们不要白白送死，我只找侯八一个。

侯八惨然一笑，说：弟兄们，你们都各自逃命吧，你们救不了我的。

杰子抽出了那把柴刀，高高地举在了手中。柴刀已经很窄了，但通体银亮，没有一点儿锈迹。杰子握紧了刀，就握住了必胜的信心，这是20多年来已经形成的心理优势，只要手中握紧了柴刀，杰子就积聚了无穷的力量，就有了一股傲视天下的豪气，就觉得整个身子轻盈、灵便起来。无论什么样的高手，也无论多少人，在杰子眼里只是一丛丛草、一棵棵树、一根根树枝。

人们都静了下来，看着传说中的这把所向披靡的刀。真正见过杰子这把刀的，在见后没多久就死于刀下了，所以，活着的人还没有见过这把刀的。此刻，这把刀就在风雪中高高昂扬着，寒风夹带着雪粒子击打在刀刃上，发出“叮叮”的锐响，像死神的请帖，在对着众人冷森森地笑。所有的人都感觉到天忽然冷了许多，也暗了许多，他们的身子在一瞬间好像僵硬了，手脚也不听使唤了。那刀就随着风雪呼啸而至，一片“叮当”声之后，十几把弯刀都散落在雪地上，或平躺或斜插，或折断或卷刃，姿态各异。那十几个汉子呆愣了片刻，发一声喊，四散逃奔而去！

侯八说：谢谢您放过了我的弟兄，我会给你一个全尸的。侯八慢慢抬起右臂，举起了驳壳枪。

“乒”！枪响了，但不是在侯八的手里，而是在漫天飞雪的空中。

一只寒鸦，惨叫了一声，从那棵高大的银杏树上飞起，冲进风雪中，黑色的羽毛伴随着雪花一同飘落下来。

血，一只手，和那只枪一起落在雪地上，白雪红血，相映之下，十分醒目。

杰子的刀又回到了手中，谁也没看见他是如何将刀抛出去，刀又是如何将侯八的手切下来后又回到杰子手中的。

这时候,如果不是那个女人出现,侯八就必死无疑了。那女人只有十七八岁的年纪,穿一件大红的斗篷,忽然出现在杰子的面前。

杰子呆了,那女人实在是太过清丽了,那两只眼睛亮得如黑夜中的星子,明亮,纯净,她一出现天就亮了许多,杰子的心像被什么重重地撞击了一下,疼痛而温暖。

女人说:放了俺爹,俺跟你。

杰子深吸一口气,调整了一下表情,冷冷地说:你滚开!

女人听话地躲到了一边,而这时,侯八已经不见了。

杰子有了女人和枪。但杰子仍用那把柴刀,枪别在腰里,只是一种摆设和装饰。闲暇时,杰子就把玩那把枪,也和女人做夫妻之间的那种事,但杰子不贪,总是适可而止。

女人是个好女人,她常在杰子高兴时,劝说杰子退出刀客行当,至少该扔了那把柴刀,用驳壳枪,省力又快捷。杰子只是笑,他不愿说出让女人难堪的话,他想说:你爹用的是枪,还不照样输给了我。

杰子最终使用了驳壳枪,是三年以后的事了。那时,女人已给杰子生了个儿子,取名天天。

天天三岁生日这天,杰子将那把柴刀用油纸包了,深埋在了院内的一棵葡萄树下。杰子下定了决心,结束这种刀头上舔血的生活,守着女人和儿子过平民的日子。

但就在这一天,却有一群刀客找上门来。他们十多人有备而来,直接把杰子一家人堵在了屋里。杰子觉得奇怪,自己刚把刀埋起来,仇家就上了门,这里面是否有文章?但杰子顾不得考虑这些了,他探手从床头上抓起了驳壳枪,然后纵身跃到院子里,同时将屋门关闭了。

杰子万万没有想到,驳壳枪在他的手中简直就成了刀的化身!虽是第一次使用,但他和枪就像有着一种相濡以沫的血缘关系,刚一接触,就紧紧地融为一体。等院子里的硝烟散尽,他发现十多个人无一幸免地躺倒在院子里，有的人刀才抽出半截，一脸遗憾地大睁着眼睛。杰子松了一口气，一时间竟说不出的神清气爽。以前用刀时，杰子也能在瞬间将十几人放倒，但事后，他至少要三天才能恢复元气。虽然拼杀只是瞬间的事，但在那个瞬间，他要调动起所有的精、气、神，才能一击成功，出奇制胜，所以，每次拼杀结束后，他的精力都有很大的损耗。而用枪，却是举重若轻，轻描淡写地就结束了一切，丝毫没有劳心费神的感觉。杰子对枪忽然产生了极大的兴趣，爱不释手地左看右看。

这时，女人在背后幽幽地说，从此之后，“中原第一刀”该叫作“中原第一枪”了吧？

杰子回过头，见女人像一棵小白杨般挺拔地站在门口，一脸得意色。杰子心里一动，忽然想清楚了刚才的疑问，他扔下枪，将女人紧紧地抱在了怀里。

杰子又与驳壳枪结下了不解之缘。

杰子原先对枪不屑一顾，至今才觉得枪非常神秘。他每次把玩那支驳壳枪，总把枪大卸八块，然后再慢慢地装起来。久之，对这把枪熟悉得像熟悉自己女人身上的气味，他能在一眨眼的工夫就将看似一堆废铁的零件装成一支完整的枪，而且毫无差错。杰子把那把伴随了自己半生的柴刀也挖了出来。他知道，一旦陷入江湖，就永远没有退出的可能了。既然他不能退出，那把刀，也应该和他一同面对江湖上的血雨腥风。

有时，杰子也将柴刀与枪放在一起比较，和拥有很多部件、造型精致的驳壳枪相比，柴刀确实太过简单甚至丑陋了。但杰子不敢怠慢这把刀，毕竟，它曾经承载了自己的光荣和梦想。有时杰子想，自己从未在枪法上下过功夫，枪法之所以百发百中，当得益于刀法上的心得和眼力，枪，对于他来说，只是刀的演变和延续。杰子将柴刀打磨得比以前更加明亮和锋利，用布包好，放在自己出门时携带的包袱里，以备不时之需。

杰子渐渐地感到了寂寞和苦闷。不知不觉间，杰子已经用了十多年的驳壳枪，枪上油漆都已经剥落了，逢阴天时，能闻得到铁锈的味道了。时光和四季的风在杰子的身畔掠过时，将他的名字也带向了远方，杰子在江湖上的名头更加响亮了。但是,江湖上再也无人敢与杰子交锋。无论何时何地,无论身处何种险境,只要杰子一报名,对方就会闻风丧胆,不战而退。杰子渐渐没有了用武之地,刀与驳壳枪都成了他的摆设和道具。

杰子在 40 岁那年的冬天,再次萌生了归隐山林的念头。

杰子决定离开家乡,找一个无人认识他的安静地界儿过平稳的日子。

杰子一家来到丁家镇时,侯八的人好像已经等了多时了。

为首的侯八虽然将胡子刮得如收割后的原野,老气横秋地站在街道的正中,但他那已经苍老的迹象却无法遮掩。侯八握的是一把江湖上十分罕见的弯刀,显得刁钻古怪。分列两边的数十名杀手均黑衣黑裤,手握双枪。

这时候正是三九天气,地冻天寒,杰子的额头上却渗出了一层细汗。看得出,侯八是有备而来。

北风正厉,打着呼哨,刀子般在人们的脸上割过来割过去。侯八的笑声也像刀子一般冷,北风一样硬。侯八说, 15 年前,我就是在这里失去了女儿和右手。

一阵金属碰撞的声音,侯八的杀手都将子弹推上了膛。

杰子拍了拍女人垂下来的手,示意她领孩子站到一边。女人将孩子拉到路旁的一棵银杏树后隐藏起来。

杰子从怀里缓缓抽出驳壳枪。这时,他看到侯八的弯刀做了一个砍杀的姿势,杀手们的枪同时举了起来。杰子吸一口气,纵身跃起丈余高,手中的驳壳枪顺势一甩!

杰子的这一招屡试不爽。枪战,人们一般都尽量将身体伏低以减小目标,需要时可以趴在地上。很少有人会将身子暴露在毫无遮拦的空中。所以,杀手们有些措手不及,这就给杰子赢得了时间。他在空中的这一甩,一梭子弹可以将前排的杀手尽数放倒,其他人反应过来时就已经太晚了。

但这一次绝对是个意外。杰子的驳壳枪在这关键时刻背叛了他,子弹卡壳了。

杰子的枪没有响,但面前的杀手却倒下了一片。他们是被杰子突如其来的腾空动作震撼了，不约而同地都趴在了地上以期逃过劫难。杰子的身子落地后，就丢了枪，从后背的包袱里抽出了柴刀。他知道，造型简陋的柴刀绝不会有什么意外，绝不会背叛他。但当他真正将刀握在手里的时候，心里无比恐慌起来。

杰子忽然找不到握刀的感觉了。

他看了看手里的这把柴刀，发觉它竟是这么渺小和丑陋，握着它，他再也找不到以前的那种自信了。他有些茫然地看着面前的对手们，呆了。

不要开枪！侯八制止住了想开枪的杀手，提着弯刀逼近了杰子。

侯八出手了，比闪电还快！“当”的一声，杰子的柴刀脱手而飞！

侯八仰天“哈哈哈”一阵狂笑！笑罢，侯八拍了拍杰子的肩膀说：小子，你是让枪给毁了，老子的仇也不报了，你带着我那苦命的女儿找地方苟且偷生去吧！

侯八的人走得一个不剩。

下雪了。杰子仍失魂落魄般立在那儿，一会儿就成了一个雪人。

女人过来拉他：咱走吧。杰子未动。

儿子天天把柴刀给他捡了回来，递到他手里说：爹，咱走吧。

杰子接过柴刀，看了又看，摸了又摸，怎么也不明白以前充满神奇的一件兵器，忽然之间竟成了一件废品。杰子将柴刀再次擎在手里，手腕一转，柴刀在他的手里飞快地转动了一下，刀和手同时落在了雪地上。

然后，杰子看也不看地上的刀与断手，领着女人和儿子消失在风雪弥漫中。

断 臂

甄必铎运剑如风，招招不离凌子逸的死穴，这种打法，显然已不是同门切磋，而是要制凌子逸于死地了。

观战的众崂山派弟子也看得分明：二师兄凌子逸招招都留有余地，而大师兄甄必铎却招招狠毒，丝毫不给凌子逸喘息的机会。众师弟都替二师兄捏着一把汗，但师父公冶志却始终稳坐在他的掌门宝座上，二目微合，不动声色，所以弟子们也不好有所动作。

今天是崂山派比武选掌门的日子。武林各大门派的掌门人都应邀前来捧场。本来，崂山派历代掌门人都由大弟子接任。但数百年来，由于一代代的掌门大弟子并非个个都是师兄弟中的佼佼者，所以，致使崂山派在江湖上的地位每况愈下。所以，十一代掌门人公冶志决定打破陈规，让弟子们比武夺掌门。但崂山派虽然弟子众多，却良莠不齐，除大弟子、二弟子武功较强之外，其余弟子比两人相差很远，所以，这比武夺掌门，实际上就是甄必铎和凌子逸二人之争。

二人从早晨一直斗到黄昏，已斗了1000余招，仍不分上下。公冶志缓缓睁开了双眼，他想喝令两名弟子停手，明天再战。但就在这时，甄必铎求胜心切，忽走险招，剑走偏锋，直取凌子逸的咽喉，将前胸露出一个破绽。他原想仗着剑快，即使一击不中，也可回手自救，不料，凌子逸身形一变，逼上一步，既避开了对方刺向咽喉的一剑，左手也戳向甄必铎胸口的“膻中”穴。

由于凌子逸已逼上一步，两人已近在咫尺，甄必铎想抽回剑已来不及，只好就势下压，削向凌子逸的左肩，这已是两败俱伤的打法。这时，如果双方都不撤招，凌子逸的左臂固然难保，但他戳向甄必铎胸口“膻中”穴的一指，轻则重伤，重则可致甄必铎死地；但双方如有一方撤招，则撤招的一方必输无疑；只有双方同时撤招，才可免除一难。

这一切变故只在电光火石之间，众人还未来得及惊呼，只听一声惨叫，凌子逸的左臂滚落在尘埃中，而甄必铎安好无恙，一脸得意地站在那里。

早有几个师弟围上去抢着给凌子逸包扎，其余的也都拥到凌子逸的身边。

公冶志长长地“嗯”了一声。弟子们迅速各就各位，站立两厢。

公冶志面无表情，但声音极为柔和：“下面，我向在座的各位武林同道宣布，崂山派第十二代掌门人将由二弟子凌子逸接任。”

短暂的沉默之后，顿时暴发出一阵雷鸣般的欢呼声。

“师父！弟子不服！”甄必铎声嘶力竭的声音盖住了所有的欢呼声。

大厅里又恢复了寂静。

公冶志微微一笑：“必铎，你有何不服？”

甄必铎忿忿地道：“这场比武，明显是我赢了，师父为何把掌门之位传给二师弟？”

公冶志依然面带微笑：“你是赢了吗？”

甄必铎脸一红，一时竟不知说什么好了。

公冶志不紧不慢地说：“你和子逸的武功，本在伯仲之间。但作为一代掌门人，仅仅有一身超绝的武功是不够的，掌门人执掌一个门派的兴衰，必须有一个宽大的胸襟和高贵的品质。子逸在生死攸关的危急时刻，能够舍生取义，让你一招，他对待同门的这份情义，不是每一个人能做到的，让他来执掌本派，本派才有望发扬光大。”

甄必铎急道：“师父，可他已是个废人了。”

公冶志脸色一凛，厉声道：“胡说！子逸虽然只有一只手臂，但他人格的力量强过十只手臂，像你这般好勇斗狠之徒，对待同门师弟尚且如此狠毒，若被你执掌了本派，岂不毁了本派数百年的声誉！”

甄必铎急怒攻心，一时间气血翻滚，竟口出鲜血，昏倒在地。

公冶志叹了口气道：“作为一代掌门，必须心如止水，有处变不惊的定力，似这等利欲熏心之徒，一旦达不到目的，即心火上旺，岂可委以大任。”

在座的各派掌门人都微微颔首，齐赞公冶志的决策非常高明。

大雪纷飞，北风厉叫，天地间一片苍茫。

一行四人，在雪中缓缓而行。

行至一空旷平坦处，四个人都站住了。

走在最前面的是一个双目如电、太阳穴高高鼓起的青瘦汉子。他斜了另外三人一眼，探手拔出负在背后的长剑，冷冷地说：“凌大侠，我们就在这里作个了断吧！”

被称作“凌大侠”的中年人左臂袖筒空空，只有一只右臂。他从腰间的剑鞘里缓缓抽出一把金黄色的短剑，喟叹了一声说：“大师兄，我知道这十年来，你一直想要和我见个高低，我请来少林派掌门人慧梦大师和武当派掌门人玄空道长来作个见证，旨在只分高低，不伤性命，至于胜负，我并不想分毫必争。”

甄必铎冷笑道：“凌子逸，你就不要惺惺作态了。十年前被你夺得了掌门后，我就立志一定赢你，现在我已打败了天下所有的高手，再赢了你，这‘天下第一’的称号就要非我莫属了。”

甄必铎一言未毕，忽然闪电般飘到凌子逸身前，同时，一道寒光直袭凌子逸咽喉！

这一剑事先毫无征兆，而且甄必铎的身法、剑法快捷无比，配合得更是天衣无缝。他不是飞身跃到凌子逸身边的，而是像一股轻烟般飘过去的，无声无息，如同鬼魂，地上积雪数尺，竟连一丝一毫的痕迹都没有。

他快，凌子逸比他更快！在场的三个人（包括甄必铎本人）未见凌子逸如何出手，只听“铛”的一声脆响，甄必铎的长剑已被一股凌厉的剑气荡开，同时，凌子逸的短剑取捷径抵在了甄必铎的咽喉上！

这一荡一抵，一气呵成，巧得精妙绝伦，快得如同电光火石。

甄必铎呆了。没想到十年的苦练，不仅没能赢了凌子逸，而且连一招也未过完，就一败涂地了。

凌子逸收回短剑，放回鞘中，淡淡地说：“承让了。”

慧梦大师和玄空道长也走过来，准备打个圆场，就此结束这场比斗。

谁都没有想到，就在这时，甄必铎忽然长叹一声，长剑闪电般向自己的脖颈刎去！

在慧梦、玄空的大叫声中，凌子逸出手如风，二指夹向甄必铎的剑刃，眼见就要夹住……

更令人意想不到的事情发生了。

甄必铎的长剑忽然逆转，“刷”地一剑削下了凌子逸的右腕。

一缕鲜血溅在雪地上，红白相映，异常凄美。

凌子逸平静地从衣衫上扯下一块布，草草包扎了一下右腕，又点了腕间的数处穴道，止住了血。

甄必铎“哈哈”大笑道：“凌大侠，十年前，你因一念之仁，左臂被甄某齐根剁去，今日又失右手，从此之后，这‘天下第一’的称号，恐怕真要易主了。”

凌子逸淡然笑道：“你是用诡计除了我而接替了‘天下第一’的称号，并非打败了我而夺得‘第一’，这种‘第一’有什么意义呢？”

甄必铎狂叫道：“现在你们三人联手，也接不下我百招，我杀了你们三人之后，今日之事，又有谁会知晓？还不是凭我甄某人想怎么说就怎么说吗？”

凌子逸不怒反笑：“甄必铎，你这样即使骗得了天下所有的人，又能骗得了你自己吗？更何况，长江后浪推前浪，武林之中英才辈出，等到有优秀的后辈打败了你，你这个‘天下第一’可就彻底穿帮了！”

一句话击中甄必铎的要害，他一挥剑喝道：“凌子逸，我不管你说什么，今日须先取了你的性命！”寒光一闪，长剑指向凌子逸的咽喉！

这一剑实在太快，慧梦和玄空想要援手，却哪里来得及。

一声惨叫！甄必铎手中的长剑和整条右臂同时滚落在雪地上！

凌子逸左边的空袖筒兀自颤动不止。

甄必铎顿时面如死灰，他喃喃地道：“你……你……”

凌子逸笑道：“你以为砍下我持剑的手，就能赢了我吗？你错了。剑术之道，讲求的是品艺双修，人剑合一，一旦抵达化境，人，才是真正意义上的剑。手中所持之剑，仅仅是一个道具。人是灵魂，而剑只是躯壳。一般的武林高手，随便折一支树枝，即可成为无坚不摧的利刃。而抵达化境的顶尖高手，有剑无剑，则毫无分别。大师兄于剑术上已苦苦修为了30年，但你修炼的仅仅是剑，照此下去，恐怕此生难达化境。”

言毕，踏雪而去。

背后，传来甄必铎自绝经脉而毙的惨叫声。

归　隐

宗师年纪轻轻就出了名。

宗师一出道时，正赶上武林大会，他凭着手中的一把短剑，击败了大江南北、长城内外的所有高手，自此之后，“宗师”一称，就非他莫属了。

宗师成名后，很多人不服气，找上门来挑战，全被宗师在三招之内击败。久之，宗师不胜其烦。但很多人都是千里迢迢慕名而来，不应战，则于心不忍。宗师常为这些琐事烦心。

忽一日,一俊眉朗目的少年找上门来,见了宗师,双膝一屈,跪下便拜,口中连喊“师父”。在此之前,也有很多人想拜宗师为师,都被宗师拒于千里之外。但今日,宗师一见少年生得一表人才,先有了几分喜欢,心中便暗暗有了主意。于是,宗师颔首微笑,收下了少年。

少年名叫尚无双,天资甚高,一经点拨,功夫突飞猛进。

一日,西域的一流高手欧阳春不远万里来找宗师切磋武功。

接待他的是宗师的弟子尚无双。无双对欧阳春一揖到地,朗声说道:欧阳前辈,家师出外访友,数月后方归,您是在舍下等候,还是择日再来?

欧阳春一听,心已经凉了半截。数月的时间,他如何等得?想到此来中原竟无功而返,不由仰天长叹一声:老朽与宗师无缘呵!

无双惶恐道:弟子代家师向欧阳前辈赔罪了。

欧阳春心念一动:这个少年倒是乖巧,如将他带回西域,不怕宗师不去要人,那岂不省了我二次万里跋涉之苦?想至此,笑对无双说:贤侄可否与老朽同回西域作客?

无双道:未经家师恩准,弟子不敢擅离。

欧阳春大笑一声,十指如钩,闪电般抓向无双肩头。他不想伤人,所以只使了七成的功力,不料,一抓下去,竟抓了个空。再看无双,仍然惶恐地站在原地,似乎动都未动。欧阳春大惊,再次使出十成功力,雷鸣电闪般抓向无双!这一抓下去,不但没有碰到无双的一丝毫毛,连他的影子也不见了。

欧阳春又惊又怕之间,猛听背后传来无双的声音:欧阳前辈,弟子失礼了。

欧阳春急转回身,见那少年垂手站立,上身前倾,正惶恐地看着他,仍一脸的恭敬和谦卑。

欧阳春喟叹道:有徒如此,何必再见其师。遂失意而去。

宗师微笑着漫步从后室走出,一脸得色。

自此,凡来找宗师挑战者,一律由无双代劳。初时,无双总是赢多输少。

输了，便由宗师亲自出手将对手打发回去。几年后，无双每战都稳操胜券，宗师便再也不用亲自出手了。

寒来暑往，一晃十年过去了。

这一日，宗师正独自端坐在客厅，悠然地品着一杯“铁观音”。

家丁进来禀报：老爷，门外有人求见。

宗师皱了皱眉，他明白是来挑战的。但弟子无双前几天请假回家探视双亲了，他又没收第二个弟子，看来，这次他又要亲自出手了。

来人是十年前败在无双手里的西域高手欧阳春。

欧阳春说：这十年来，老朽无时无刻不想着你们师徒，也无时无刻不在刻苦修炼，今天，老朽要一雪十年前之耻。

两人交了手。

欧阳春的武功比十年前大有进境。十年来，宗师虽然没有放松过练习武功，但因已经多年没有亲自与人交手，一时竟有些不适，百招过后，渐落下风。

宗师使出看家的剑法，也难以扭转乾坤。宗师暗道：难道我的一世英名就要付诸东流了吗？

恰这时，尚无双赶回来了。

无双使了一招“横空出世”，就把两人分开了。无双对宗师道：师父，还是由弟子代劳吧！

欧阳春大笑道：正好，今天让你师徒俩一块儿身败名裂。

无双对欧阳春一揖到地，声音平和地道：请欧阳前辈赐教。

欧阳春自恃武功今非昔比，自然不把无双放在眼里。他傲慢地道：小辈，还是你先赐招吧！

无双说了声“得罪”，手腕翻动，剑光闪烁之间，已猱身袭到！

欧阳春使了一招“移星换位”，变幻身形，避开无双的一击，然后双掌一错，亮了个“大鹏展翅”的架势，蓄势以待。

无双却一揖到地，不卑不亢地说，欧阳前辈，承让了。

欧阳春定睛一看，自己的前襟已经布满了剑孔。

欧阳春汗如雨下，如果对方想伤自己，不知已经刺中了几十剑，纵有十条命也保不住了。他长叹一声，掷剑于地：老朽今生再也不会踏入中原半步了。

言毕，长啸一声，绝尘而去。

宗师自言自语道：看来，我该退隐了。

无双道：师父，您还没有40岁呀。

宗师说：可是我已经难以保全自己的英名了，你已经成为了新的宗师，长江后浪推前浪，历来如此呀！

自此，宗师退出了江湖。

令人费解的是，他的弟子无双，也和他一起退隐了，仍然伺候在他的左右。

多年的磨砺使无双明白：师父之所以收自己为徒，让自己代他比武，是不堪盛名之累，在武学上，没有永远的宗师。

杀手之王

冷血是中原一带顶尖的杀手。冷血极讲信誉，凡是他答应杀的人，历尽千难万险也要将人头送到雇主的手中。他自出道以来，从来没有失过手，人称“杀手之王”。

木秀于林，风必摧之。江湖上很多人都想除掉冷血。但冷血的一把“冷血剑”独步天下，纵横江湖几十年了，没人能接到十招以上。江洋大盗“黑旋风”曾想用西洋火枪对付他，但他刚拔出枪，胳膊还未抬起来，就被一股凌厉的剑气从头顶到胯下劈成了两片。有好事的人事后拿天秤估了估，两片人体竟毫两不差，剑法之精确，确已达到了炉火纯青、登峰造极的境界，要杀他，比登天还难。

在一个姹紫嫣红的春天，年届不惑的冷血独自在京杭大运河畔踏青。京杭大运河肇始于春秋时期，形成于隋代，发展于唐宋，最终在元代成为沟通海河、黄河、淮河、长江、钱塘江五大水系、纵贯南北的水上交通要道。此时是清嘉庆年间，大运河的漕运正值鼎盛时期，河道上百舸争流，千帆竞渡，十分的繁荣。冷血面对这繁华的世相，在心底深深地叹了口气。在江湖之上，他是一个绝顶高手，在武学上，他堪称一代宗师，他走到哪里，都是一片掌声和赞誉声，他风光无限地度过了这么多年，被无数的人羡慕着，崇拜着。只有他自己明白，这种高处不胜寒的生活是多么的落寞和孤独。

一只燕子，从一条路过的帆船上飞了过来，那种飞翔的姿势轻盈而娇美。冷血起初没有在意，但这只燕子快要飞到他的身上了，还没有停下来的趋势。拔剑已经来不及了，冷血闪电般击出一掌，然后借助掌力的反作用力，身形向后飘出十余丈远。那只燕子被掌风一震，“轰”的一声爆炸了，一团黄雾迅速扩散，周围的花草一瞬间全部枯萎了，足见这只“燕子”奇毒无比。冷血纵身而起，踏着碧波荡漾的水面，像一股风，刹那间飘上了帆船！

甲板上站着一个长髯老者，冲着冷血哈哈大笑！

冷血阴着脸说：展鹏老儿，你这个玩笑开得有点儿大了吧？

老者道：不这样，怎么能把冷大侠请上船呢？

那老者是人称“天下第一刀”的著名刀客展鹏，其八卦刀法为天下一绝。但展鹏这人信誉度很差，谁开的价高就倾向于谁，经常出尔反尔，再加上他好色成性，在江湖上声名狼藉。

早有人将一把座椅放到冷血身后。冷血却不坐，面无表情地说：有什么事，快说！

展鹏嬉笑道，冷大侠这个脾气，还是喜欢直来直去呀！

冷血不语。

展鹏不敢再说废话:他挥手示意闲杂人等到舱内回避,才压低嗓子说:有一笔买卖,冷大侠做不做?

冷血冷笑道:你我本是同道,有买卖你如何不自己做了?

展鹏道:这个买卖展某自己做不了,所以想请冷大侠来做。

冷血顿时来了兴致,问:多少酬金?

展鹏伸出一个手指:黄金万两。

冷血一愣,他还没有听说过杀一个人有这么多的酬金。

展鹏说:这人武功甚高,一般人杀不了他,所以,展某才会倾其所有,重金相请。

冷血果断地说:好! 这笔生意我接了!

展鹏说:好! 不愧是杀手之王,痛快! 不过,你怎么不问问我让你杀的是什么人?

冷血傲慢地说:天下还有我冷某杀不了的人吗?

展鹏"哈哈"大笑,笑毕,才正色道:冷大侠这份笑傲江湖的气派,令在下万分佩服,今天在下一定敬您三杯酒!

下人在甲板上摆了酒菜,两人一边饮酒,一边立下了契约。按照行规,展鹏将5000两黄金的金票先付给了冷血,其余一半,事成后再付。

酒饭过后,冷血告辞,临下船时,才很随意地问:我要杀的那个人,他叫什么名字?

展鹏"哈哈"大笑:冷大侠,你还真的杀不了这个人。

冷血皱皱眉头说:说吧,杀谁?

展鹏说:这个人纵横江湖几十年了,一直没遇到过对手,人称"杀手之王",天下没有他杀不了的人!

冷血一刹时脸色大变:什么? 你要我杀的那个人就是我自己?

展鹏诡秘地笑了一下说:冷大侠不是刚刚说过,天下没有你杀不了的人吗? 现在你明白了吧? 你唯一杀不了的人,就是你自己!

冷血明白自己上了展鹏的大当,展鹏一直想除了自己,因武功不及,难以如愿。现在他想出这条毒计,冷血如不自杀,他肯定会在江湖之上到处散布流言,败坏他不守诺言,那他这“杀手之王”的名号就要拱手让人了。但如果自杀,正中了他的毒计。

冷血苦想了整整一夜,也没有想出逃脱这一灾难的良策,他的胡子、头发在一夜之间全白了。

冷血找了个山清水秀的地方,盘膝而坐,将那把“冷血剑”横在了自己的脖子下面。

忽然,一阵清脆的歌声传来,冷血只觉耳目一新:人生本来无烦恼/烦恼皆为名利扰/只要抛开名和利/天空海阔任逍遥……一个小沙弥挑着水桶边唱边往这边走来。

冷血一震:是谁把自己逼上了自杀的绝路?是展鹏吗?其实不是。是自己的名利观念逼自己横刀自刎。如果不是这样,天下有谁杀得了我冷血呢?

冷血退出了江湖,并承认自己不守承诺,不配再称“杀手之王”了。

展鹏成了第二个“杀手之王”。但他仅仅当了一个月的“杀手之王”,就被垂涎这个宝座的几个高手联手杀死了。

江湖豪杰们这才明白:只有冷血才是真正的“杀手之王”,别人挂上这个名号,只能招来杀身之祸。

从此,江湖上再也没有了“杀手之王”这个称号。直到许多年后……

宿　仇

阳光下，一片刀光剑影！

杀杀杀！

血肉横飞，尸陈遍野。

两个家族，几百年的血债与仇恨，将在今天了结。从此，一个家族将会永远消失，另一个家族就会在劫后余生的漫长岁月中逐渐恢复得更加强大。

双方势均力敌，拼杀进行了一天一夜，大多数人都倒下了，只剩下了两个人。梁姓家族剩下的是一个男人，我们叫他梁。郝姓家族剩下的，也是一个男人，我们叫他郝。

梁和郝旗鼓相当，两人的决斗从戈壁打到田野，从田野打到海边，又打到了泊在海边的一条大船上。

打斗进行到第三天，两人都累了，躺在甲板上大口地喘着粗气，像两条离了水的大鱼，手里兀自紧攥着刀。

天忽然暗了下来，狂风大作，大雨滂沱。两人想下船，船已被大风推离了海岸，向大海深处飘摇……

两人抱紧了船舷，谁也不敢妄动。

当风平浪静，日头重新焕发光彩时，船已停靠在一个不知名的荒岛上。船在靠近小岛的同时触了礁，正慢慢下沉。两人同时弃船上岛。

船沉了。两人对着一望无际的大海,都傻了。

两人都感到了饥饿。于是,分头上岛找东西吃。岛不大,却林深草密,林中遍布着野果树,还有兔子、野鸡、狐狸、蛇等小动物隐匿在草丛中。另外,他们还看到了几具人的尸骨。

两人吃饱了肚子后,仇恨又染红了双眼,新一轮的拼杀又开始了。

最终,梁打败了郝。

梁将郝绑在了一棵大树上。

梁在郝的胸口浅浅地划了一刀,鲜红的血蚯蚓般顺着肚皮蜿蜒而下。

梁说:我要你一天流一点儿血,直到你血快流尽的那一天,我再将你碎尸万段。

是男人,就让我死得痛快些!郝说。

梁狞笑,那样怎能解我心头之恨!

从此,梁每天都在郝的身上轻轻划一刀。

郝破口大骂,想激怒梁,求速死。梁却充耳不闻。

闲下来,梁就到林子里采野果,用藤条做扣子,逮野味。他吃饱了,就喂郝。郝不吃,梁就把野果捣成汁,和了野味的血,用刀尖撬开郝的牙齿,硬灌。

郝大骂。

梁大笑。

一个月后,郝奄奄一息了。

明天,我就会把你肢解,剁成一块一块的,扔到海里喂鱼。

郝无语。

第二天一早,梁在石头上磨好了刀,走近郝。

郝的头耷拉着,梁托起他的下巴,见郝双目紧闭,面色如霜。

莫不是已经死了吧?梁探了探郝的鼻息,感觉不到一丝气息。

你死了。

你到底死了。

你怎么能死呢?

梁先是感到愤怒，后又感觉到一种巨大的孤独和恐惧像积满乌云的天空，黑压压地笼罩了他。

他死了……从此，这个孤岛上就只剩下我一个人了。我将独自面对潮涨潮落、日月星辰、花开花谢、四季轮回……这是多么恐怖……梁不敢往下想了。

不行！不能让他死！

梁把郝从树上解下来，放到一个舒适的地方。

灌汤、敷草药、拍打、呼叫……终于，郝又睁开了双眼。

你这个畜生，让我死吧，剁成一万块也行。

求求你，别死。

郝傲慢地闭上了眼睛。

你恨我是吧？恨我折磨了你这么长时间？

梁拿起了刀，哧——，在自己的胸上划了一道血淋淋的口子，血汹涌而出！

郝睁了睁眼，又闭上了。

郝睁开眼睛，艰难地说：好了，我陪你活着。

从这一天起，两人开始静静地养伤。

岛上的时光缓慢而无聊。渐渐地，两人有了交谈的欲望。起初，只是简单的问候和关于天气很好之类的废话。日子久了，两人的话就稠了，甚至谈起了他们两个家族之间的仇杀。当谈到小时候对这种仇杀的恐惧时，两人竟找到了英雄所见略同的知己感。

他们在这个岛上相依为命了十年，成了亲如兄弟、无话不谈的挚友。

他们是幸运的。十年之后，一艘过路的商船将他们带回了故乡。

登陆之后，两人看到了久违的故土，看到了熟悉的田野和村舍，看到了熟悉的各色人等。

所有的记忆都被激活了，尤其是——仇恨。

两人在一个岔路口分手，要各奔东西了。

两人将背道而驰的刹那间，都抽出了刀，刺中了对方！

然而，两把刀都没能插进对方的身体。

两人同时看了看自己的刀。

十年的时光，早已把刀尖磨圆了。

死　镖

"飞天"镖局在傍晚时分接了一趟大镖。

托镖之人是一位年逾六旬的老人，已经病得弱不禁风了。这是总镖头褚子奇有生以来接的最奇怪的一次镖。它既不是贵重的货物，也不是金银珠宝，它只是一只锦盒，只有拳头大小，却密封着，没有一丝一毫的缝隙。褚子奇本不想接，但老人出价奇高，愿以万两白银作为酬劳。褚子奇虽是中原一带最有名的镖师，一生之中从未失过镖，但这么多年过着刀尖上行走的日子，也未积累下这么多银子，所以，他犹豫再三，还是答应了下来。

锦盒要送到山西五台山惠圣庵，交给一位法号"慧心"的尼姑，然后再捎回一封书信。褚子奇明白，这锦盒虽小，但人家以万两白银的高价相托，可见肯定是无价之宝。为了保险起见，他连夜用稻草伪装成药材，装满了三辆镖车。那只无比珍贵的锦盒，他放在了自己的怀内。

第二天，天刚蒙蒙亮，镖车就出发了，总共带了十二个镖师，一个趟子手，三个驾驭镖车的下人。

一路上，褚子奇率领手下人晓行夜宿，日夜严加戒备，七天的时间已经走出山东，进入到山西地界儿。路上一直风平浪静，一点儿危险也没有出。褚子奇已经行走江湖大半生，名气很响，绿林中人给面子，也本是预料之中的。进了山西境内后，褚子奇松了一口气，觉得这次镖已经十拿九稳了。

这日傍晚，褚子奇一行经过一个叫三里坡的山中小镇，看看天色已晚，又打听到前面数十里没有人烟，就决定在这里过夜。

在客栈里吃过晚饭，褚子奇安排好守夜的人手，就在客房的床上和衣躺下了。睡至三更天，褚子奇忽然被房顶上细微的声响惊醒，他屏住呼吸，无声地下了床，然后拿了剑，轻手轻脚地来到门后。这时，房顶上的声音消失了，而院子内似有动静。他猛地拉开门，一个箭步跃出屋子！

月凉似水，一轮满月照得整个院子如同白昼。四具尸体，横卧在院内。这正是褚子奇安排守夜的四位镖师。褚子奇心下大惊：什么人？竟然在自己的眼皮子底下无声无息地杀了四个高手？这简直太不可思议了。

房顶上站着一个人，虽然月朗星稀，但那人蒙着面，看不清相貌和年龄。褚子奇纵身跃上房顶，和那蒙面人相距不过数尺。他还未出手，蒙面人忽然像一片树叶般飘然而去，刹时离开了他几十丈远。褚子奇心下一凛：好俊的轻功！他提气追了上去。

蒙面人在房顶上、树梢上忽左忽右地飘飞，褚子奇紧追不舍。眨眼间，两人出了镇子，深入到山野之中。前面是一个陡峭的山峰，蒙面人毫不迟疑地爬了上去。褚子奇紧紧地跟了上去，蒙面人却忽然停下了，褚子奇一个起落停在了他的面前，发现前面是一个深不见底的悬崖，已经无路可走了。

褚子奇厉声发问："尊驾是哪个道上的？为何出手杀人？"

对方没有回答，而是又像一片树叶般飘了起来，竟然向深不可测的崖下坠去！

因山崖的对面是一座更高的山峰，挡住了月光，褚子奇看不清崖下到底有多深，所以不敢冒然跟下去，以免受了暗算。

褚子奇回到客栈，想把人全部喊起来严加防范，但他喊了多声，不但他们镖局住的房间里没有人回音，就连其他客房和掌柜的、伙计住的房间也没有人搭腔。一种不祥的预感涌上他的心头，他以最快的速度将整个客栈的房间检查了一遍，结果正如他所料，整个客栈几十口人，都在他离开后死于非命了。现在整个客栈还能喘气的，就仅存他一个人了。饶是褚子奇武功超绝、见多识广，也不禁心惊胆寒。三辆镖车上的东西一动未动，足见对方要夺的就是那个锦盒。

褚子奇知道这个地方万万不能呆了，他在明处，对方在暗处，防不胜防。他简单地收拾了一下，然后出了屋，纵身跃上房顶，四下观望、倾听了片刻，确信近处无人后，便施展出上乘轻功，踏着小镇的各个屋顶飞奔而出！

褚子奇知道，此去五台山还有三天的路程，但如果他一刻也不停地赶过去，一天半的时间就能赶到，那样，对方即使轻功再好，也难以超越过去提前布局暗算自己。打定主意后，褚子奇花大价钱在一个大镇上买了一匹黑马，然后昼夜兼程，穿山越岭，直奔五台山！

一路果然无事。第二天午后，褚子奇来到了五台山下。

褚子奇将马拴在一棵树上，仰望五台山，只见古木参天，遮天蔽日，山林之间雾气缭绕，阵阵鸟鸣依稀传出，不觉心旷神怡。他知道，五台山上寺届很多，想找惠圣庵，必须找个当地人领路，否则，一家一家地找，要平添很多麻烦。

褚子奇举目四望，周围尽是树木山石，没有一个人影儿。他拿出水壶，正想喝水，忽觉眼前一花，一个蒙面的黑衣人站在了面前。凭直觉，褚子奇知道，这就是在三里坡血洗客栈的那个人。

褚子奇缓缓抽出长剑，横在胸前，声音低沉地问道："尊驾是哪个道上的朋友，为何出手如此歹毒？"

蒙面人身材瘦小，手持一把短剑，一声不响地盯着褚子奇。

褚子奇知道对方意在自己的怀中之物，此战不可避免，也就不再客气，说了声"接招"，剑走中锋，直取对方咽喉！蒙面人身法奇快，身形未动，人已飘出数丈。褚子奇毫不放松，如影随形，长剑仍然直取对方的咽喉。蒙面人见避不过，用手中短剑一格，"铛"地一声脆响，褚子奇的长剑已断为两截！褚子奇这才明白，对方使的竟是一把削铁如泥的宝剑。他知道自己使什么兵器都是枉然，干脆使出空手入白刃的上乘掌法，刹时就将蒙面人罩在了雄厚的掌风之中！

两人瞬间就拆了百余招，显是势均力敌。双方都明白，这样的对手，不到千招以上，难分胜负。蒙面人的功力显然不如褚子奇深厚，褚子奇就发挥己长，催动掌力，如排山倒海般压向对方！对方顺着掌风往后飘出一丈多远，忽然探手将自己脸上的黑布扯了下来！褚子奇不由一震：对方竟是一个貌美如花的绝色女子！

那女子嫣然一笑，向褚子奇款款走来，和刚才剑出如风的蒙面人已经判若两人。尽管褚子奇知道面前这个绝色美人心如蛇蝎，但仍然心中一荡！以至于女子已经走到他眼前了，他还未设防。那女子不知何时已经将短剑还入腰间的鞘内，走到褚子奇身前不到半尺的地方，忽然玉腕一翻，褚子奇以为她要偷袭，双掌一错，正待发功，不料那女子却一扬手把上衫脱了下来，顿时，一个白嫩鲜亮的身子便呈现在褚子奇面前。那姣好的皮肤、丰满的酥胸，令褚子奇瞬间感到嗓子发干、头晕目眩。褚子奇忽觉胸前一空，那女子已经离他数丈了，手中所持的，正是那个锦盒。褚子奇知道上当了，大喝一声："拿来！"那女子冷笑了一声道："世上的男子，真正坐怀不乱的，只有我的师弟厉彦才，其余的都是饭桶。"言毕，一声长啸，消失在丛林之中。

厉彦才？难道她说的是当年名满江湖的刀客厉大侠？那个因不明原因武功尽失才退隐江湖的一代绝顶高手？不对呀，以她的年龄，当厉彦才的女儿都嫌小，怎么会是厉彦才的师姐呢？也许是同名同姓吧！带着这些疑问，褚子奇解开马的缰绳，飞身上马，向女子逃走的相反方向奔去！

褚子奇是老江湖了，那女子所抢走的锦盒，不过是他早就备好的一个赝品而已。

褚子奇辗转找到慧圣庵时，已是傍晚时分了。慧圣庵极小，只有几间房子。他推开虚掩的门，一边小心戒备着，一边迈进了一只脚。屋里光线昏暗，他乍一进屋，眼前一片模糊。

“这位大侠，可是来找贫尼吗？”一个柔和的女声发问。随即他觉得有一阵柔柔的轻风在室内环绕，屋里刹那间亮了，周围的墙上燃起了数十支火烛。

褚子奇这才发现，就在他眼前的蒲团上，盘膝坐着一个尼姑，他抱了抱拳道：“在下山东飞天镖局褚子奇，请问师父可是慧心法师？”

那个尼姑抬起了头，微微一笑说：“他终于派人来了，我知道这一天终究会来到的。”

褚子奇又吃了一惊，面前的尼姑，竟也是国色天香，柔美可人，其美比之下午所见的蒙面女子还胜一筹。更罕见的是，她神情恬淡，眉宇之间弥漫着一股纯真、娴良的气质，使她的美更加令人怦然心动。褚子奇稳住心神，从腰间取下锦盒，双手呈上道：“这是托镖之人委托在下送来的，请法师验收。”良久，却听不到回音。褚子奇抬头一看，慧心的头已经缓缓垂下，嘴角溢出一缕鲜血。褚子奇忽地明白了：那劫镖的女子发现上了他的当，就先他一步到了这里，杀害了慧心。他转到慧心的后面一看，果然，在她的后心上有一个深深的掌印，衣服已经被震碎，露出了一片羊脂般白皙的皮肤，可见下手之人手段之狠。

褚子奇见庵中已无别人，就在后院挖了个坑，将慧心掩埋了。

按照镖行的规矩，这趟镖没有送到，要送还托镖之人。褚子奇唯恐事情有变，当下马不停蹄地赶回了飞天镖局。

第二天，按照托镖人留下的地址，褚子奇找到他的住处——一个依山傍水的幽静之地，绿茵茵的草地上伫立着三间茅屋。

门开着，褚子奇朗声问道：“屋里有人吗？”无人应声，褚子奇连问了三声，屋里仍死一般的沉静。

褚子奇缓缓地走进屋内。屋内陈设极为简单，一床、一桌、一椅，床上躺着一位老人，正是那托镖的老者。褚子奇伸手探了探他的鼻息，已经断气了。但从老者的神色看，他已经死去好几天了，而且不是被人杀死的，是病死的。褚子奇长叹一声道：“老前辈，你可让在下为难了，在下已经收了你的银子，可收镖之人已死，退又退不掉，在下只好将此盒与您同葬了。”说着，他把锦盒拿出来，双手放在了老者的床头上。他刚直起腰，忽然狂风大作，地上的尘土杂物瞬间暴起，屋内顿时伸手不见五指了。褚子奇知道不好，一个“细胸巧翻云”飞出屋子，同时，他看见一个熟悉的影子从窗子中飞了出来，直奔山中而去！

褚子奇往屋内一看，床头的锦盒已经不见了。他大喝一声：“把东西留下！”随后紧追不舍。

两人一前一后，闪电般在山川、溪流、树梢上掠过。褚子奇知道，对方的轻功绝不在自己之下，如此追下去，三天三夜也追不上。于是，他探手入怀，取出三支飞针，扬手打了出去。对方头也未回，回身一掌，想用凌厉的掌风将飞针击落。不料，褚子奇发飞针的手法天下一绝，虽然三支飞针是同时打出去的，但却前后有序，对方的一掌，只打下了最前面的一支，第二支、第三支初衷不改，直插她的后心。那女子也非等闲之辈，一觉有异，顿时提气上纵，身子陡地飞起数丈之高，飞针从她脚下擦过！但她这么一纵，就为褚子奇赢得了时间，褚子奇从她的身下掠过，挡住了她的去路。那女子竟然从半空一拧身形，落在了一棵大树的树冠上。褚子奇正想飞身而上，那女子忽然把手中的短剑一扬，短剑旋转着，带着尖利的风声，向他飞过来。褚子奇不敢用长剑去挡，只能侧身避过。那短剑打了个旋儿，又回到了那女子的手中，复又向褚子奇飞来，如此闪电般周而复始，将褚子奇罩在了剑光之中。那女子一只手弄剑，一只手得闲，竟将那锦盒拆开了。褚子奇大喝一声：“拿来！”那女子喊一声“给你吧”，竟真的将锦盒扔了过来，锦盒裹挟着劲风从褚子奇的身边掠过时，褚子奇一把接住，随手就扔了出去！因为，他在瞬间看见锦盒内已经空空如也了。

此刻，那女子站在树梢上，正全神贯注地看着从锦盒内取出的一张纸条。褚子奇心想：难道那老者用万两白银托我护送的，竟是这样的一张纸条吗？他正想出招，忽见那女子将纸条随手一抛，仰天大笑道：“哈哈哈！厉彦才！我的好师弟，你至死都没有忘了她呀，枉费了我一生一世的心机，我白白地守了你一辈子……可是，你也是枉费心机呀，你的这份表白，慧心那死尼她没有看到呀！哈哈……"

褚子奇飞身上了树梢，拱了拱手道："前辈可是当年名动江湖的'色剑双绝'林傲雪？"

那女子抬起头时，脸上已经布满了皱纹，那张纸条，令她这个绝色美女一瞬间苍老了，还原了她这个年龄应有的相貌。她凄冷地看了褚子奇一眼："你也知道本姑娘的大名？"

褚子奇接着问："那你杀死的那位慧心法师就是你的师妹闵心慧了？"

林傲雪一脸寒霜，她咬牙切齿地道："她毁了我一辈子，我本来和师弟情投意合，她的出现，才让师弟移情别恋的，哼哼，幸亏本姑娘发现的早，把他们分开了，又设法废了师弟的武功。她至死都不敢确定师弟是否喜欢她，有本姑娘在，师弟他不敢说，哈哈哈……"

褚子奇平静地说："前辈，你错了，我亲眼看见慧心法师是微笑着走的，她知道厉大侠对她的感情，她一直到走的时候仍然很美，比你要美一千倍。"

林傲雪忽然脸色大变："你胡说！你胡说！她不知道的，她不知道……"说着，狂叫着飞下树梢，一路狂喊而去！

褚子奇飞身下了树，从地上找到了林傲雪丢下的纸条，仔细地读了一遍：

闵师妹：

我知道你等了我一生，也恨了我一世，我已经身患重疾，将不久于人世了，本想把这份难言之隐带进九泉，但又觉对不起师妹等我的一生一世。其实，我一直不敢给你示爱、不敢去找你的理由很简单，就是因为我们的师姐曾对天发誓，如果我敢说一句喜欢你的话，她就会把你杀了，然后血洗五台山。我已经武功尽失，不能保护你了，所以，我只能忍受着彻骨的思念之苦，寻找着向你表白的机会。这些年来，你肯定在盼着我，在猜疑着我，甚至以为我早就变心了。但我苦苦煎熬了一生，也未逃脱师姐的手掌。我惟一对得起你的是，这些年来，无论师姐怎样折磨我，威胁我，怎样地恩威并施，我也没有说过一句喜欢她的话，更没有碰过她一根头发。

师妹，我要去了，我要抓住这最后的机会，把这一生一世想说而未敢说的话告诉你：师妹，自从你投进师门的那一天起，我就喜欢你，只喜欢你一个人，喜欢了一生一世。

师兄　厉彦才绝笔

褚子奇将纸条一扬，任由它随风而去。这趟镖，褚子奇损失惨重，死了十七个手下，但他却获知了在江湖上悬了二十多年的一个大秘密。当年，林傲雪、厉彦才、闵心慧是中原一带著名的刀客，三人形影不离，纵横中原，无人匹敌。但后来，厉彦才莫名其妙地武功尽失，三人就如人间蒸发般从江湖上消失了。从那，江湖上就有了种种传说，但谁也不会想到，事情的真相竟是三个人之间的男女私情，竟是残暴自私的师姐林傲雪毁了他们三人的一生。

褚子奇回到厉彦才住的地方，发现林傲雪趴在厉彦才的身上，已经自断经脉而亡了。褚子奇不由心生感叹：想当年，厉彦才是何等的英雄人物呀！这样的一代武学大师，竟然毁在了深爱他的两个女人手里，真不知是值？还是不值呀！

褚子奇把厉彦才和林傲雪分葬在了河边，他没有理由让林傲雪如愿。葬完二人后，褚子奇暗暗发誓，有生之年，一定把女侠闵心慧的遗骨迁到这里，与厉彦才合葬，也不枉厉大侠临终的重托。

比 武 记

三里庙有两个著名的人物头子。一个是“牛皮大王”皮老五,另一个是村霸仇光棍。

皮老五爱吹,死的能吹成活的,黑的能吹成白的。尤其是喝了酒之后,爱吹他到东北逃荒的时候,曾拜过一位名师,学了一身功夫,曾在关东道上空手打倒过七个谋财谋色的劫匪,救了一个遇难的少女,那少女死活要跟着他,他嫌累赘,没要。但村里人从来没见他练过“功夫”,更没和人打过架,所以不知真假,因他平时爱吹,也就把这事列入了他的“吹项”。

仇光棍名副其实,一人吃饱了全家不饿,人很无赖,啥缺德事都干,因他天生一副好身板,打架不要命,也不在乎进局子蹲小号之类的事,自称“大错不犯小错不断,气死公安难倒法院”,因此无人敢惹,久之便称霸全村,弄得村长也很头疼。

一天,皮老五和本村的四五个人在村长家喝酒。皮老五喝多了后,又当众吹“关东道上一人降七匪”的“典故”。村长忽发奇想:让皮老五和仇光棍干一架,以吹治孬,不知是个什么结局。于是,村长就笑眯眯地看着皮老五吹,使皮老五吹兴大发,越吹越悬乎。看看差不多了,村长忽然问,老五,你说,凭你这身横练功夫,像咱村仇光棍这种地痞,你捏他还不像捏小鸡子一样?

皮老五愣了一下,随即点点头说,那当然那当然,他只是一个无赖,真动起手来……哼哼……皮老五便一脸的不屑。

村长趁热打铁,叹了一口气说,唉!仇光棍这个王八蛋老在村里这么称王称霸，弄得我这个破村长也抬不起头来，要是你能出面收拾他一下，让他收敛收敛就好了，只是怕你不敢动他。

皮老五当即就火了，他"噌"地站起来说，啥？我怕他？赶明儿我就收拾收拾他，看他还敢不敢在村里横行霸道！？

村长给另外几个人一使眼色，大家心领神会，一块儿端起酒杯来敬皮老五，祝他明天旗开得胜，为民除害。皮老五也不含糊，端起大杯一饮而尽。

当天晚上，皮老五要收拾仇光棍的消息就传遍了全村。

第二天，快到晌午了，村子里还是非常平静。村长沉不住气了，就带着几个人到了皮老五家里。

皮老五正坐在冲门的桌子前喝茶。村长进门就问，昨天你说的什么话，还记得吗？

皮老五一脸惊讶：昨天？昨天咱不是一块喝酒来吗？我说什么了？

村长一听就急了，皮老五，你真是个不折不扣的牛皮大王，昨天你不是吹着要收拾仇光棍吗？今天全不承认了！

皮老五恍然大悟般拍了拍后脑勺说，噢，你看我这记性，好像有这么回事。这样吧，你派个人把仇光棍给我找来，看我怎么收拾他！

一会儿，仇光棍气势汹汹地来了，进门就喊，找俺有啥事！？

村长和其他几个人吓得赶紧躲到了一边。

皮老五却慢腾腾地站起来说，仇光棍，老子今天找你来，是想为全村除害，收拾收拾你这个王八蛋，省得你整天在村里横行霸道！你是空手还是抄家伙？菜刀在厨房里，门后还有铁锨斧头，你随便用，老子就空手会会你！

仇光棍忽然换上了一副笑模样，弯下腰对皮老五说，五哥，咱哥儿俩谁跟谁来？俺再混蛋，也不敢跟你发浑呀！

皮老五飞起一脚将仇光棍踹了个趔趄，仇光棍眼一瞪，想急，但还是咽了口气，忍了。皮老五站起来，指着仇光棍的鼻子说，小子，我告诉你，从今往后，你要再敢在村里欺男霸女，我肯定好好收拾收拾你，今天看你还识相，滚吧！

仇光棍如逢大赫般逃了。

村长等几个人真的傻了眼，本想捉弄一下皮老五，没想到不可一世的仇光棍见了他竟然像耗子见了猫。不过这样也好，总算是为村长出了口气。

傍晚时分，全村人都听到了一阵山崩地裂般的砸门声，是仇光棍在砸皮老五的大门。村长赶过去时，皮老五的门前已经聚集了全村的人，比开会来的人还全。仇光棍一边砸门一边喊，皮老五，你给老子滚出来，你给老子的酒不够，老子白白挨了你一脚……

原来，昨天皮老五酒后说了大话，而且弄得全村都知道了，他怕下不来台，就悄悄找到仇光棍，让他配合自己演一场“戏”，事成之后给他打二十斤散白酒。仇光棍本身就是个酒鬼，因经常没钱买酒倍受煎熬，这种挨一脚就挣二十斤酒的好事岂能错过，所以他很痛快地答应了。但事后，皮老五心疼酒钱，只给了他十五斤，他称着不够，就找上门来。

话说仇光棍见皮老五不出来，一拳将厚厚的大门砸下一块木板，并高声大骂：皮老五，你要不还老子的酒，老子要拍扁了你！

门“吱”地一声开了，皮老五站在了门口，脸红得像猪肝。

仇光棍推了他一把问，你到底还不还老子的酒，说好让你踹一脚就给二十斤酒的……

众目睽睽之下，皮老五忽然一把将仇光棍推了个趔趄说，老子啥时候说过给你酒了，全是你胡编出来的！仇光棍一见皮老五不认账了，就怒吼一声扑了上来，只见皮老五轻轻一闪身，脚下一绊，把仇光棍摔了个狗啃泥！

仇光棍爬起来后眼珠子都红了，他再次扑上去时，皮老五一弯腰，将肩膀顶在他的腰上，借力将他扛了起来，然后身子打了个转，将仇光棍扔了出去！“啪”地一声脆响，仇光棍重重地摔在坚硬的地上，半天没爬起来。

周围忽然爆发出一片热烈的掌声！原来，皮老五在东北时确实练过几年，但他天生不爱惹事，只想把吹下的牛皮圆过去就算了，但今天在全村人面前，仇光棍不但揭了他的老底，而且辱骂他，他知道再不出手，今后就真的在村里抬不起头了，所以，他狠了狠心，真的把仇光棍给收拾了。

仇光棍在全村人面前丢了面子，从此再也横不起来了。